3

ウィル様は今日も魔法で遊んでいます。

Ayakawa Rarara
綾河ららら
Illustration ネコメガネ

will sama ha
kyou mo mahou de
asondeimasu.

ウィル

王都レティスにてトルキス家の長男として生まれる。家族や使用人達の愛情を受け、すくすくと成長中。魔力の流れを見て、それを再現する能力に目覚め、急速に魔法を覚えている三歳児。

シロー

【飛竜墜とし】の二つ名を持つ元凄腕の冒険者。ウィルの父親。

レン

トルキス家のメイドだが、その正体は複数の二つ名を持つ元冒険者。

セシリア

フィルファリア王国公爵オルフェスの娘でウィルの母。回復魔法が得意。

エリス

ウィルが魔法を使えることになりオルフェスに派遣されたメイド。

一片

トルキス家の守り神である風の幻獣。ウィルを気に入り力を貸す。

トマソン

過去には【フィルファリアの雷光】と恐れられたトルキス家の執事。

トルキス家の長男ウィルは三歳のある日、姉たちの魔法の練習中に父シローが見せた防御魔法を一度見ただけで再現してしまう。そんな中、街で起こった事件に父と姉が巻き込まれてしまったことを知ったウィルは、トルキス家の守り神である風の幻獣・風の一片とともに家族の危機を救った。その後、カルディ伯爵家が企てた王家への謀反により王都に魔獣が溢れると、トルキス邸もカルディの息子グラムに襲撃されてしまう。だが精霊を従えたウィルの魔法によってグラムは撃退されたのであった。

will sama ha
kyou mo mahou de
asondeimasu.

presented by ayakawa rarara

第一章

精霊軍快進撃！

episode.1

will sama ha
kyou mo mahou de
asondeimasu.

時は少し遡る――

フィルファリア城。

小高い山の上に立つこの城のテラスからは、放射状に広がった王都を一望する事ができる。

普段は穏やかな様子を覗かせるその景色は、今や煙がそこかしこから上がり、魔獣が跋扈する異常な光景と化していた。

時折、応戦するような魔力光が街中で上がっている。

テラスには物見の兵が立ち、数人の騎士が詰め、国の大事を担う重臣が集まっていた。

その最奥に急遽設えた立派な椅子があり、男が腰掛けている。

眉目の整った優し気な男の顔は、今や何事にも動じないよう、無表情に固まっていた。

「こら、アル……いや、フィルファリア王よ。そのような態度では兵や娘達に緊張が伝わるぞ？」

「……先王」

己の父、ワグナーに諭された現王アルベルト・ラフト・フィルファリアが傍に立つ宰相フェリックスや叔父であるオルフェスを見て、それから背後に控える妻や王女達に目を向ける。

心配そうな表情を浮かべる娘達を見て、アルベルトの表情が和らいだ。

「そんな顔、するな」

父の笑顔に王女達の表情も和らぐ。

（まだまだだな……私も）

己の未熟を恥じながら、アルベルトは視線を前に戻した。

（しかし、賊め……何が目的だ……？）

緊急事態の知らせを受けたのが昼前、謁見の準備をしている時であった。

外周区の西側で多数の魔獣が出現し、暴れていると。

にわかには信じ難い事だったが、続いて届いた報告には、更に耳を疑った。

人が魔獣を召喚しているというのである。

魔獣騒ぎはすぐに外周区に広がっていった。

そして、魔獣を率いた賊が内周区と市街区に向けて魔獣を放ち始めた。

現在、内周区に押し寄せている魔獣は警備兵の奮闘もあり、第一騎士団が引き継いで防衛中。

市街区の方も奮闘しているようだ。

と、言うのも、先程物見の兵から報告があった。

【飛竜墜とし】シロー・トルキス様、市街区の門前に風の幻獣を率いて到着、と。

シローの強さは誰もが認めるところである。

その彼が、ずっと門の前で剣を振るってくれている。

（中を抑えられると、これ程厄介か……）

市街区から城までの行き来は、中央通りの門をくぐる必要がある。

そこを抑えられているが為に、援軍を送る事も救援を求める事もできない状態であった。

状況を打開するには、何か手を打たなければならないのに、城側からは打てる手が限られていた。

思考を巡らせながら、また押し黙ってしまった息子にワグナーは内心ため息をついた。

（まぁ、しょうがあるまい……）

隣国との戦争が一旦の終結を見てから十年以上が経っている。

現王アルベルトはその当時成人したばかりで、戦争を殆ど経験していない。

非常時における王としての振る舞いは、まだまだ経験不足というものだ。

だが、ワグナーにしてみても王都を魔獣に襲われるというのは経験した事のない出来事である。

何かあれば、アルベルトを影から助ける心積もりでいた。

「内周区前の戦況はどうか？」

「はっ……依然として、拮抗しております！」

王の問いかけに物見の兵が緊張した様子で返してくる。

隊列を入れ替えながら応戦しているとはいえ、拮抗し続ければいずれ騎士達の体力が尽きる。

戦況は優位とは言い難い状況だった。

息を吐き、椅子に身を沈めようとしたアルベルトに、物見の兵から慌てて声が飛んだ。

「内周区前の戦況に変化あり！」

「なにっ⁉」

アルベルトが慌てて立ち上がる。

周囲にいた騎士達や重臣達もざわめいた。

「敵の側面より突入した人影がもの凄い速度で魔獣を屠っていきます！　あ、あれは……！」

「おお……！」

背後で歓声が上がる中、物見の兵はしっかりと見ていた。

戦う人影が舞う度に振り撒かれる美しい闇色の炎を。

仲間達の窮地を救うべく進むその姿に、物見の兵は感極まって、泣きそうになった。

「【暁の舞姫】レン・グレイシア様です！」

「なんと……！」

ワグナーも驚いた様子で手渡された望遠鏡を覗き込んだ。

外周区の状況が分からない今、レンは外周区に残っていると思われる最大戦力の一人だ。

トルキス邸に身を置いている彼女が単独で活動しているのである。

ワグナーが振り返ると、弟のオルフェスの顔が少し動揺しているように見受けられた。

それを周りに悟らせまいとしているのはさすがだが、兄弟であるワグナーにまで隠し通せるものではない。

ワグナーがオルフェスの様子を窺っていると、アルベルトの傍に控えた壮年の男の元へ仮面を被ったローブ姿の配下が駆け寄ってきた。

王族直属の諜報機関、その諜報員である。

彼らは特殊な魔道具を使い、情報の受け渡しができるように訓練されている。

普段は庭師として城内に勤め、有事の際は御庭番として戦う事もできる。

壮年の男はその諜報機関のトップ——エドモンド・ホークアイであった。

「陛下、伝令にございます」

立ったままのアルベルトにエドモンドが頭を垂れる。

「申せ」

「はっ！　レン殿より知らせでございます。外周区北側の門へ、難を逃れた騎士達を再編したガイオス騎士団長が救援に向かったとの事です」

男の言葉に、その場にいた者達が安堵のため息を溢した。

「そうか……ガイオスが……」

アルベルトとガイオスは幼い頃からの友だった。

友が無事であると聞いて、アルベルトの表情に少し明るさが戻った。

内周区前の門はレンが来てくれた事で防衛側がやや有利に展開していた。

状況を好転させるには、もう一手欲しいところである。

しかし――

「外周区、東の端に魔力光！」

物見の焦った声に緊張が走った。

今まで目立った戦闘がなかった街の端まで戦域が拡大したのだ。

そして、その場所は王族にとっても特別な場所があるところであった。

「場所は！」

声を荒らげるオルフェスに物見の兵が声を震わせる。

「トルキス邸にございます……」

最悪だった。

魔獣の侵入を許したトルキス家の者達が戦闘を開始したのだ。

アルベルトが悔しげに顔をしかめ、オルフェスが強く拳を握る。

「くっ……！」

「待たんか！　オルフェ！」

踵を返して駆け出そうとするオルフェスをワグナーの一喝が引き止めた。

「お前が行ってどうなる……内周区前の戦闘に勝利せねば援軍を送る事もできんのだぞ？」

「ですから、私が自ら戦闘支援を……」

「馬鹿を申せ……訓練を重ねた第一騎士団を超える支援などおいそれとできる筈があるまい……」

オルフェスが言い返す言葉を見つけられず、項垂れた。

オルフェスは魔法使いとしては優秀だ。

それは誰もが認める事だ。

しかし、それでも連携という部分では騎士団を上回る事は難しい。

単発の魔法であれば、上回る成果を上げられるかもしれないが、それで片が付くなら騎士団がもうやっている。

黙り込んでしまったオルフェスを気遣って、アルベルトが前へ出た。

「父上。それでも、レン殿の参戦により我らは優勢になっております。主導権を握り返すならば、ここが攻め時です」

「……好きにせよ、アルベルト。王はお主じゃ。だが、先だって王であった者の口から助言するのであれば、前に詰め過ぎて城を明け渡すような事があってはならんぞ？」

ワグナーの視線の先を振り返ると、先程より不安げな表情をした彼の娘達がいた。

「国を、民を守る。その意味をしっかりと理解せい」

「はっ……！　父上」

ワグナーに向き直ったアルベルトが強く頷く。

「ダニール！　残りの騎士を集めよ！　部隊を再編し、攻勢に出るぞ！　エドモンド！　御庭番も出陣に備えてくれ！　一気に内周区前の戦闘を鎮圧する！」

「「はっ！」」

騎士鎧に身を包んだ男――第一騎士団長ダニール・コトフとエドモンドが胸に手を当て、アルベルトに応える。

アルベルトは頷くと、妻や娘達の方へ向き直り、それからその周りを固める女性騎士達に目配せをした。

「近衛隊、妻や娘達を頼む」

「はっ！　おまかせ下さい！」

アルベルトはまたも頷いて、ワグナーとオルフェスに向き直った。

「父上、叔父上、私も出ます。あとを――」

「なっ――！」

アルベルトの言葉を物見の兵が遮った。

三人が声を発した兵を見やる。

「なんだ、あれは……!?」

「あれは……魔力光か!?」

兵だけではなく、重臣達や騎士達まで騒ぎ出していた。

「陛下！」

宰相のフェリックスに呼ばれ、顔を見合わせていた三人は急いでテラスの端まで駆け寄った。

肉眼でも確認できる程の強大な魔力光がトルキス邸で渦巻いている。

それは直ぐに形を顕にした。

「東の端、トルキス邸にて魔法ゴーレム出現！」

物見の兵が報告するが、皆分かっている。

その巨体は肉眼でもはっきり見えていた。

「大きい……」

誰もが呆気に取られる中で、同じくテラスの端まで駆け寄ってきた姫が出現したゴーレムを見てポツリと呟いた。

「どちら側の……ですか？」

心配そうに見上げてくる姫達にワグナーが笑みを浮かべた。

「心配せんでよい。屋敷を背にするように立っておる。あれは味方じゃ」

そう、あれは味方だ。

なんとも言えない予感にオルフェスの顔が引きつっている。

今現在、トルキス邸にいるであろう戦力の中で、ゴーレム生成ができると思われる人物は二人しかいない。

その内、一人――モーガンという冒険者は中級クラスのゴーレムの生成しかできないと報告を受けていた。

で、あれば。

「オルフェよ。杞憂であったな？」

「い、いいえ、あ、兄上。まだ何事もなかったと決めつけるわけには……」

ニヤリと口の端を釣り上げるワグナーに、オルフェスが冷や汗を掻きながら答える。

重臣達や騎士達、王や妃、姫達から見ても、オルフェスの表情はおかしな事になっていた。

「ゴーレム、動き出しました！」

幾度となく拳を叩きつけていたゴーレムが何かを捕まえて腕を持ち上げた。

そして、大きく振り被る。

「ゴーレム、何かを投げました！」

「速い！」

ゴーレムが投げた何かが、もの凄い速度で外周区を横切っていく。

「何だ、あれは？」

「人か？」

「ゴーレムの投擲、カルディ邸に着弾しました……」

カルディ邸は西の端である。

東の端から西の端まで、ゴーレムの豪速球が飛んでいく。

「投げられたのは騎士のようにも見えましたが……」

「いったいどうなっとるんだ……？」

重臣達が混乱する中、五度の投擲を遂行したゴーレムはそのまま動きを止めた。

「終わったのか？」

それぞれ思い思いに望遠鏡を覗き込む。

ややあって、ゴーレムはゆっくりと向きを変えてしゃがみ込んだ。

屋根ほどの高さになった頭に誰かが乗り込んでいく。

「ぶはっ!?」

「ああああああ……」

その姿を望遠鏡で覗き込んだワグナーが息を噴き出すように笑い、オルフェスが頭を抱え込んでうずくまった。

何事かと、周りの人々が二人を見る。

「いったい、どうしたのですか？　叔父上？」

不思議そうに尋ねるアルベルト。

ワグナーが必死の思いで笑いを噛み殺しながら、その手に望遠鏡を渡してやった。

「見てみるがいい」

「はぁ……？」

望遠鏡を覗き込んだアルベルトの目に、ゴーレムの頭の上で何かを話している小さな男の子が映る。

アルベルトの目が大きく見開かれた。

「お、おお……もしや……」

「あの子じゃよ。あの子がウィルベルじゃ」

「あの子が……！」

アルベルトの声が興奮で上擦る。

未だ会う事が叶わぬ、王族の末席。

その小さな男の子である。

望遠鏡の先で、ウィルベルが杖を掲げた。

ゴーレムが立ち上がり、その周りを何かが舞い上がる。

「せ、精霊か……!?」

「おお……！　あんなに沢山……！」

巨大ゴーレムと精霊の大群。

見た事もない光景に全員が目を奪われる。

ざわつくテラスに新たな諜報員が駆け込んできた。

「で、伝令！」

エドモンドを介さず声を上げる諜報員に、ただ事ではないと感じ取って全員が息を呑んだ。

諜報員は顔を仮面で覆っている為素性が分からない。

なので、伝令は組織のトップであるエドモンドに報告し、エドモンドから王に報告するのが決まりであった。

エドモンドがアルベルトに視線で窺う。

「よい、申せ」

「はっ！」

膝を突き、頭を垂れた諜報員が仮面で隠された顔を上げる。

「お嬢より通達。トルキス邸はカルディの子息グラムの襲撃を受け、これを撃退。尚、今回の魔獣騒ぎがカルディ一派の謀反である可能性大」

諜報員の報告に重臣達がざわめく。

エドモンドはあからさまにため息をついた。

「そうか……カルディ伯爵が……」

小さく呟いたアルベルトがエドモンドに視線を向ける。

「エドモンド。お嬢というのは？」

「恥ずかしながら、私の娘でございます。今はセシリア様の下でメイドの真似事をしております」

「そうか……」

アルベルトが小さく頷いた。

目の前の男は娘のしている事がメイドの真似事とは言っているが、セシリアの下に送り込まれたメイド達は全員優秀な成績を残して任じられている筈である。

「あ、あの……」

「ご苦労。下がってよい」

エドモンドに労われた諜報員が下がらずにアルベルトとエドモンドを交互に見た。

「どうした？」

「お頭……続きが……」

「……すまん」

どうやら報告の途中で切ってしまったようだ。

謝るエドモンドにアルベルトが思わず苦笑した。

「続きを述べよ」

「はっ！　その、お嬢から御庭番に出動要請が出ています……」

「なに……？」

エドモンドの表情が険しくなった。

御庭番は本来王家の為の戦力である。

いくら頭目の娘とはいえ、出動を要請できるような立場にはない。

それが分かっているからか、顔も見えないのに諜報員が萎縮しているのが目に見えるようだ。

「なんでも……ウィルベル様が出陣なさるそうで……」

「はぁっ⁉」

エドモンドが素っ頓狂な声を上げる。

ウィルベルが幼い子供だという事は彼も知っている。

エドモンドがウィルベルの祖父であるオルフェスに視線を向けると、オルフェスは見たこともないような落ち着きのなさで三人の姫達に心配されていた。

「大叔父様⁉　大丈夫ですか⁉」

「ウィルや……おじいちゃん、もーあかんわ……」

「大叔父様、しっかりー！」

「しっかりー」

「いやいや。いったい、どういう事ですか？」

エドモンドも混乱していた。

先日起きた学舎での騒動は彼も報告を受けている。

諜報機関のトップなのだ。

王都において彼ほどの情報通はいない。

だから、ウィルが風の精霊魔法を使った事は知っている。

だが、それでもウィルが出陣すると言う事に結び付かない。

誰がそんな幼い子供の出撃を認めるというのだ、と。

ニヤニヤ笑っていたワグナーがエドモンドの肩を叩いた。

「先王陛下……」

「おそらく、あの魔法ゴーレムはウィルの仕業じゃな？　そうであろう？」

ワグナーが諜報員に向き直ると、諜報員が頭を垂れる。

「左様にございます。土の精霊魔法だそうです」

「な、なんだと……」

エドモンドが驚いた様子で諜報員とワグナーを交互に見た。

一つの属性の精霊魔法を使った事すら驚嘆に値するのだ。

二つ目とか、歴史上の偉人レベルである。

「先王陛下はご存知だったのですか？　ウィルベル様が土の精霊魔法の使い手だと……」

「いいや、知らん」

「はぁっ？」

間の抜けた顔をするエドモンドに、ワグナーが人の悪い笑みを返す。

「まぁ、そういう類の気質なんじゃよ。ウィルは……」

ワグナーは経験上、そういった類の人間は確かに存在すると思っていた。

いわゆる、常識では測れない存在というものである。

ワグナーの知る中でも、ウィルはとびっきりの逸材であった。

「はぁ……」

エドモンドが曖昧な返事をするのを聞きながら、ワグナーはアルベルトを見た。

「ほれ、行くんじゃろ？　ウィルに遅れを取らんようにな？」

「……もちろんです！」

アルベルトは強く頷くと、エドモンドに向き直った。

「エドモンド！　ウィルの護衛に可能な限り人員を割け！　いいな！」

「はっ！」

背筋を正すエドモンドを尻目に、アルベルトが歩き出す。

「ゆくぞ、ダニール！　幼子に遅れを取っては第一騎士団の恥ぞ！」

「ははっ！」

アルベルトの後ろをダニールとエドモンドが付き従う。

その後ろ姿は非常時であるのに意気揚々としているように見えた。

◆

巨大なゴーレムがゆっくりと、しっかりした足取りで中通りを目指す。
ゴーレムの頭の天辺はドーム型の防御壁で覆われた。
《もう大丈夫よ！》
アジャンタお手製の防御魔法である。

透明の防御壁で球状に包み込み、ゴーレムから伝わる衝撃も姿勢による傾斜も緩和できるようになっていた。

乗り心地が懸念されたゴーレムであったが、満たされた風の魔力により快適性も抜群である。

《その子、どうやら火属性の幻獣みたいね……》

ニーナの掌を覗き込みながら、シャークティが告げる。

先程、ニーナが助けた雛である。

「へぇー……」

興味深そうに覗き込むニーナ。

雛がニーナを見上げながら、小さな鳴き声を上げた。

どうやらニーナの事がお気に入りのようである。

「あなた、すごいのね！」

褒められたのが分かったのか、雛がニーナの手に擦り寄った。

「でも、どこから来たのかしら……？」

グラムは魔道具の筒で魔獣を捕まえられると言っていた。

目の前の雛は幻獣だが、どこかで捕まってしまったのだろうか。

「可哀想に……こんな小さな子なのにお母さんと離ればなれになっちゃうなんて……」

「そうですね……」

しょんぼりするニーナの肩を支えて、エリスが同じように覗き込んだ。

「そうだ！」

何か思いついたのか、ニーナが表情を輝かせて顔を上げた。

不思議そうに見てくるエリスを笑顔で見上げる。

「私が契約して、この子のお母さんになってあげればいいんだわ！」

「うーん……」

エリスは困ってしまった。

幻獣を取り扱う知識など、当然ない。

お母さんになるのだ、と言われても、契約すれば人体に影響を与える幻獣相手に知識もなく賛同はできない。

《この子も大した力はないし、ニーナに心を許しているようだし……問題はないと思うけど……》

シャークティが助け舟を出す。

エリスは風の一片が「力の弱い内であれば、契約者と一緒に成長していくので問題ない」と言っていたの思い出した。

(二四目でも問題ないのかしら……？)

エリスの迷いとは裏腹に、ニーナは「じゃあ大丈夫ね！」と納得すると、雛を掲げて願い出た。

「私が今日からあなたのお母さんよ！　私と契約して頂戴！」

「ピー！」

断る理由がなかったのか、それとも元々その気だったのか、雛はあっさりニーナに応えて仮契約の魔法陣を展開した。

赤く彩られた魔素の光がニーナと結び付く。

「ニーナ、羨ましいな……」

「あはは……」

セレナのぽつりとした呟きにエリスは困り顔のまま、笑うしかなかった。

「後は名前を決めれば、契約完了ね！」

笑顔で頷くニーナに、セレナとエリスがハッとなって顔を見合わせる。

「うーん……強そうな名前がいいわね……ゴンザレ――」

「ちょっ……！　待って、ニーナ！」

「せめて、名前だけは皆に聞いてみましょう！」

雛の第一印象は普通の女の子が見たら、どう見ても【ピーちゃん】とかそんな感じである。

それなのに、また強そうなとか言い出したニーナにセレナもエリスも慌てて待ったをかけた。

幻獣との仮契約を許しても、命名だけは許してはいけない気がした。

「むぅ……」

ニーナが不服そうに頬を膨らませる。

そんなニーナ達にウィルの明るい声が飛んだ。

「はわー、みて！　みて！」

防御壁の外を風の精霊が飛んでいく。

逃げ遅れていた人々を抱えて宙を舞い、トルキス邸の方へ運んでいた。

お年寄りから子供まで。男も女も太った人も痩せた人も、様々。

「あんなに沢山、逃げ遅れていた人がいたのね……」

「みんな、たすかったー？」

呆然と呟くニーナにウィルが首を傾げる。

その肩に手を置いたセレナが表情を曇らせて首を横に振った。

「まだよ、ウィル。まだまだ逃げ遅れた人がいると思うわ」

「そうですね……比較的被害が少なくて、これですから……」

エリスがセレナの言葉に同意すると、ウィルは強く頷いた。

「みんな、たすけなきゃ！」

そう言って、ウィルがゴーレムの進行方向へ向き直る。

「せれねーさま！　もーすぐ、じぃのとこだよー！」

屋根伝いにラッツとマイナが先行していく。

ウィルの言う通り、中通りまではもうすぐだ。

「急ぎましょう」

「あい！」

セレナの声にウィルが応えると、全員が視線をゴーレムの進行方向へ向けた。

◆

「はぁ……はぁ……きっつ……」

ジョンが肩で息をしながら、双剣を構え直す。

目の前に迫ったジャイアントアントの牙を前に踏み込みながら掻い潜り、熱魔法を纏わせた二振りの剣を別々に振り抜く。

薙ぎ払った右手の剣が魔獣の下あごを切り飛ばし、振り降ろした左手の剣が魔獣の前脚を切り飛ばす。

「せぁっ！」

振り降ろした勢いを殺さず、一回転したジョンが双剣を揃えてジャイアントアントの脇を切り裂いた。

事切れた大蟻の魔獣が立て続けに崩れ落ちる。

「何体目だよ、畜生め……！」

悪態をつきつつも、ジョンが剣を下げることはない。

ワーカータイプとソルジャータイプのジャイアントアントは、まだその数を保ち続け、ジョン達の前に存在し続けていた。

「ジョン……鈍ったんじゃありませんか？」

雷速歩法で地を駆けていたトマソンがジョンの横で足を止め、棍を構え直す。

「そ、そんな事、ないですよ？　魔力コストの問題です……」

呼吸を整えたジョンが横目でトマソンを見る。

額に汗を掻いてはいるが、トマソンはまだまだ大丈夫そうだ。

（旦那様やレンちゃんも大概だが、このじーさんもバケモンだよな……）

トマソンの佇まいに、ジョンが胸中で呟く。

ジョンの得意としている火属性系統の魔法は威力の高いものが多いが、同時に体力や魔力の消耗が激しい。

ジョンも火力調整に手を焼いて、使いどころを苦慮する事が多かった。

一方、トマソンやシローの使う風属性系統の魔法は魔力のコントロールが難しい傾向にある。

だが、この二人は魔力のコントロールが抜群に上手い。

故に長時間戦闘も難なくこなす。

シローなどは幻獣と契約しているので魔力量も相当なものだろう。

レンに至っては、その最たる者だ。

魔力消費の激しい火属性系統と特有の闇属性体質。

コントロールが難しく、魔力コストも高いはずの魔法属性で彼女はシローやトマソン以上に長時間戦闘が得意だ。

彼女が抱える様々な秘密を差し引いても驚異的である。

そもそも、彼女の二つ名【暁の舞姫】の由来は、特有の黒炎の事を指すのではない。一晩中戦場で戦い続け、夜明けに見せたその戦う姿が舞うように美しかったからだ。

まさにスタミナお化けである。

「今、何かとても失礼な事を考えていらっしゃいますな？」

「そ、そんなわけないじゃないですか……」

トマソンにじっとりとした視線を向けられ、ジョンは冷や汗を掻きながら視線を泳がせた。

トマソンが小さく嘆息して、視線をジャイアントアントの方へ向ける。

「あまり、のんびりしている時間も無いのですが……」

「そうですね……お屋敷をいつまでも空けておくのも心配ですし……」

二人が視線をジャイアントアントの更に奥へと向ける。

いつの頃からか佇む、白いローブの男がそこにいた。

痩せぎすで上背のある男の手に筒のような物が握られている。

ジョン達がジャイアントアントを屠る度、この男が魔獣を召喚していた。

その姿が不気味な魔術師を連想させて、ジョンが口の端を上げる。

「正直、お関わり合いになりたくないタイプ」

「そうも言っていられません。捕まえて、絞め上げます」

「へいへい……」

表情を崩さないトマソンに、ジョンが軽く応えて構え直した。

男を締め上げるには、まず目の前の大蟻の群れをなんとかしなくてはいけない。

「トマソンさん、付かぬ事をお伺いしますが……」

「どうぞ?」

「トマソンさんが相手を間合いに捉えるには、どれくらい蟻を排除すれば?」

「そうですな……目の前の蟻を五匹ほど潰して、道を確保して貰えれば」

しれっ、と言ってのけるトマソンに、ジョンが笑顔のまま固まった。

「いや、上から行くとかってないですかね?」

「難しいですな。迂回すれば勘付かれるでしょうし……」

トマソンがジョンの提案をあっさりと却下する。

敵が直ぐに姿を現さなかったのは、こちらの戦い方を観察する為だろう。

雷速歩法も当然見られている。

警戒されて逃げ回られるのは厄介だ。

その証拠に相手はこちらと距離を保てるように魔獣を配置している。

雷速歩法は空間転移ではないので移動を隔てる障害物は越えられない。

その事もきっとバレているだろう。

(やるしかないか……)

胸中で嘆息しつつ、ジョンが攻め手を探る。

相手の補充を上回る速度で倒していかねば、目的の距離まで詰められない。

ジョンが先か、大蟻の群れが先か。

前衛が前がかりになる中で、最初に動いたのはローブの男だった。

勝負に出ようとするジョン達の動きを感じ取って機先を制しに来たのだ。

「ウフフ、そろそろ終わりにしようか……」

男が新たに取り出した筒を掲げる。

現れたのは同じく大蟻の魔獣だ。

しかし、その姿は他のどの大蟻と比べても禍々しく、大きかった。

「マジか……」

前に出ようとしていたジョンが現れた魔獣を見て呟く。

バラバラに動いていた大蟻の魔獣がその蟻の元に統率されていく。

「ジャイアントアント・ジェネラル……」

群れを形成するアントを特殊なフェロモンで指揮下において統率する、アントの上位種である。

単体の戦力も高く、強固な外殻を有するアント種の中でもトップクラスの硬さを誇る。

「ジョン……」

「なんです、トマソンさん？」

「ジェネラルを斬れますか？」

トマソンの端的な質問に、ジョンは真顔で応えた。

「当然ですよ……」

その表情に言葉ほどの余裕はない。

「但し、周りのアントに邪魔されなければ……ですが」

周りのアントがジェネラルに統率されている以上、ジェネラルを狙えば当然妨害される。

かといって、周りのアントから片付けていってもローブの男に補充されてしまう。

先にローブの男を狙っても、やはりアント達が邪魔だ。

「……これは少々厄介ですな」

トマソンが小さく息を吐く。

二人の頭の中に大火力の魔法で一掃するという選択肢はない。

ここは街中だ。

そんな魔法を放てば周辺の建物にも被害が出る。

それはできるだけ避けたいところだ。

「やれやれ……」

活路の見出だせない持久戦に追い込まれたジョンが苦笑いを浮かべた。

「こんな事なら、さっきレンちゃんが来た時、素直に助けてもらっとくんだったなぁ……」

「ここは任せて先へ行け、とか……格好をつけておられましたしね」

どうやら、変なフラグを立ててしまったらしい。

二人が魔獣を牽制しながら、どうしたものかと考えを巡らせていると、遠くから音が聞こえてきた。

重い何かが地を揺らすような音だ。

次第にジョン達の方へ近付いてくる。

「なんだ……？」

油断なく構えながら、ジョンが音に意識を向ける。

音がだんだんと大きくなる。

一定のリズムを刻むそれは強大な足音を連想させた。

「これ以上、敵の手が増えるのは勘弁願いたいのですが……」

トマソンも棍を構え直しながら、音の正体に意識を割いている。

今の位置取りでは挟み撃ちにされる。

場合によっては後退しなければならない。

それ以上に、音はトルキス邸のある方から響いてきている。

嫌な予感がジョン達の脳裏をよぎっていた。

地響きが建物を揺らす。

パラパラと軒先から砂埃が落ちた。

さらに音が大きくなって、やがてその足音の主が姿を現した。

「じぃー！　じょんおじさーん！」

「「ぶふぉっ!?」」

通りに姿を現した巨大ゴーレム、その頭の上から呼びかけてくるウィルにジョンとトマソンは同時に噴いた。

嫌な予感が違う形で見事に的中していた。

「な……なんですか？　この巨大なゴーレムは……」

ローブの男もその姿を呆然と見上げ、なんとかそれだけの疑問を口にする。

「ああー！」

当事者達がポカンと見上げる中、ゴーレムの頭上から通りを見下ろしたウィルが声を上げた。

「ありさん、ふえてるー！」

避難する前に排除した魔獣がまたいる事にウィルが憤る。

むー、と唸るウィルに呼応してゴーレムが中通りへ一歩踏み出した。

己の領域に踏み込んでくる巨大ゴーレムに、ジャイアントアントの群れが一斉に警戒するような鳴き声を上げ始めた。

◆

大きな足音を響かせて、巨大ゴーレムが中通りを前進する。

「どーなってんだ、こりゃあ！」

ジョンとトマソンは慌てて通りの端まで避難し、ゴーレムに道を譲った。

巨大ゴーレムがジャイアントアントの前で立ち止まり、紅い瞳を輝かせて静かにジャイアントアントアントを見下ろした。

一方、ジャイアントアントの群れがギチギチと耳障りな鳴き声を上げながら、ゴーレムとの距離を詰め始める。

すぐにでも襲い掛かれるようにジワジワと。

獰猛なジャイアントアントが好き勝手に襲い掛かったりしないのは、最後方に位置取るジェネラルの影響が大蟻の魔獣達に行き渡っているからだ。

「わるいありさん、うぃるがやっつけてやるー！　ごーれむさん！」


ウオオオオオオッ！


ウィルの呼びかけに応えたゴーレムが右の拳を高々と持ち上げた。

硬く握り込まれた岩の拳を凄まじい勢いで振り下ろす。

豪快に風を切る一撃が、綺麗に舗装された中通りの石畳ごと、ジャイアントアントを叩き潰した。

「なんて破壊力……ですが、多勢に無勢！　行け、蟻達よ！」

ゴーレムの一撃を皮切りに、ジャイアントアントの群れが一斉に押し寄せる。

二つ三つと拳を叩きつけるゴーレムだが、数で優るジャイアントアントは同胞の死骸を踏み越えてゴーレムに肉薄した。

「あっちいけー！　もー！」

しつこく迫ってくる大蟻の群れにウィルが憤る。

ゴーレムは奮戦しているが、体に取り付かれるのは時間の問題だ。
《このままではいけない……土の精霊達、出番よ！》
見かねたシャークティが上げた手で魔力を操って土の精霊に合図を送る。
《シャークティの合図だ！　土の精霊陸戦部隊、出撃！》
《よし、行くぞ！　08小隊、出撃だっ！》
《あれぇ？　1から7は？》
《よし、行くぞ！　08小隊、出撃だっ！》
不思議そうに首を傾げる精霊の少女に精霊の少年は二回同じ事を繰り返した。
地面から飛び出した土の精霊達が横一列に並んで、次々と精霊魔法を発動する。
高速で撃ち出された岩石の砲弾が、ゴーレムに取り付かんと群がっていたジャイアントアントを片っ端から弾き飛ばした。
「はわー！」
「すごいすごーい！　蟻の魔獣が次々に吹っ飛ばされていくわ！」
ウィルとニーナが土の精霊達の活躍に興奮して鼻息を荒くする。
「でも……」
一緒に並んでいたセレナは少し落ち着いた視点で見ていた。
「まだ生きているわ……」
吹き飛ばされたジャイアントアントが次々と起き上がる。

足を損傷したり、外殻がひび割れたりしているが、まだまだ活動できるようだ。

ギチギチと鳴き声を上げてゴーレムに向かってくる。

その度に土の精霊達から岩石の砲弾が撃ち込まれた。

「ジャイアントアントの外郭はとても強固です。その上、昆虫型の魔獣は部位欠損に強く、痛みを感じないと言われています」

「えぇー？」

「脚、取れてるのにぃ？」

エリスの説明にウィルとニーナが渋い顔をする。

エリスは真面目な顔で幼い姉妹を見返した。

「はい。ですから戦闘において、相手の状態を正確に判断する事はとても重要な事です。覚えておいて下さいね？」

エリスの言葉にウィルとニーナがこくこくと頷く。

「ウィル、ニーナ、油断しては駄目よ？」

セレナの注意喚起にウィルが表情を引き締めた。

だったら、どうするか、ウィルなりに考える。

「わかったー！　ごーれむさん、ありさんがうごかなくなるまでぱんちして！」

ゴーレムが命令受諾の声を上げ、ダメージを負ったジャイアントアントに繰り返し岩の拳を叩きつけた。

一匹ずつ確実に仕留める。戦闘の基本だ。

「うー、いっぱいー……」

取り付かれる心配はなくなったが、それでも大蟻の数は多い。

よく見れば、ローブの男が最後尾のジャイアントアントジェネラルの影で新たな大蟻を召喚していた。

「なんて言うか……セコい」

「あはは……」

率直な感想を漏らすニーナにエリスが苦笑いを浮かべる。

だが、魔獣による物量作戦は確かに効果的だ。

本人は危険を冒す事なく、相手を消耗させられる。

どんな相手でも弱ったところを狙えば勝率は高くなるのだ。

敵の誤算は、その作戦が精霊と懇意であり、戦闘の殆どを生成したゴーレムに任せているウィルにはまったく効かない事だった。

《土の精霊達に負けていられないわ!》

対抗意識に火がついたのか、アジャンタがシャークティと同じように手を上げて魔力の合図を送る。

《キター! 合図キター! 風の空戦部隊、突撃よー!》

《スカルリーダーから各隊員へ! これよりジャイアントアント殲滅戦を開始する!》

先陣を切った精霊の少年がゴーレムの頭上を飛び越えて行く。

それを皮切りに、風の精霊達が次々とゴーレムの頭上を飛び越えていった。
《えー？　すかるってなにー？》
《いつからアンタがリーダーになったのよー？》
《うっさいなー！　分かった分かった！》
非難されて投げやりに応えた精霊の少年が上空に留まってジャイアントアントに手をかざす。
他の風の精霊達も同じように手をかざした。
精霊達の掌に風の魔素が集まり、急速に膨れ上がって緑色の魔力光を発生させる。
《ジャイアントアントォォォ……！》
《《《ぶっころっ！》》》
なんだか物騒な掛け声と同時に、風の精霊達から大量の精霊魔法が放たれた。
槍や弾丸、斬撃といった様々な風の魔法が上空からジャイアントアントに降り注ぐ。
浴びせかけるような魔法群が石畳ごとジャイアントアントを飲み込んだ。
《あっははっ！　たっのしぃー！》
《悪い魔獣をやっつけろー！》
《ウィル達の邪魔する奴は敵だー！》
《と、つ、げ、きぃぃぃぃっ！》
土の精霊達と風の精霊達による精霊魔法の集中砲火。
それを逃れてもゴーレムの岩の拳が降り注ぐ。

ジャイアントアントは瞬く間にその数を減らしていった。

◆

屋根の上から飛び降りたラッツとマイナがジョン達の方へ駆け寄る。

ウィルの巨大ゴーレムと精霊達による猛攻を呆然と眺めていたジョンとトマソンがラッツ達に向き直った。

「トマソンさん！　ジョンのダンナ！」

「いったい……何があったのですか？」

説明を求めるトマソンに、ラッツとマイナが交互に告げる。

「そ、それが……お屋敷がカルディ家の者達の襲撃を受けちまって……」

「みんな、無事だったんですけど、その……ウィル様を、怒らせちゃって……」

マイナが苦笑いを浮かべた。

四人揃って暴れ回る巨大ゴーレムと精霊達を見やる。

ウィルを怒らせた結果、これである。

大蟻の魔獣は戦闘において逃走しない事で有名だ。

群れをなして標的を襲い続ける姿に恐怖する者も多い。

その大蟻の魔獣の群れが為すすべもなくフルボッコ状態である。

マイナでなくとも苦笑いを浮かべたくなるだろう。

トマソンが視線をマイナ達へ戻した。

「では、今回の魔獣騒ぎはカルディ家の謀反という事ですか?」

「ええ……カルディ家の子息であるグラムも国家転覆を企てているような発言をしていましたし、ウィル様に締め上げられた取り巻きも白状していましたから間違いないかと……」

「ウィル様に……?」

答えたラッツの言葉に、トマソンが難しい顔をする。

その表情にはカルディ家の謀反に対するものも含まれているが、大半は違う思いに占められていた。

(上手に締め上げたのだろうか……?)

単純に、三歳児が大人を締め上げるところを想像できなかったのである。

当然、ウィル自身が掴んでという事は不可能なので、先日のようにゴーレムを使ったのだろうが、今回はこのバカでかいゴーレムである。

握り締める加減を間違えば、全身の骨が砕けるどころではない。

口と尻から破裂した内臓を撒き散らして絶命するという、精神衛生上大変よろしくないショッキングな場面を目の当たりにする事になる。

「あー、それで?　締め上げられた奴らは……?」

トマソンと同じ考えに至ったのか、ジョンが幾分緊張した面持ちでマイナの顔を見た。

「ぽいされちゃいました……」

「『ぽい?』」

同時に聞き返してくるトマソンとジョンにマイナが指先でアーチを描いてみせる。

その仕草で二人はウィルがゴーレムを使って相手を投げてしまった事を悟った。

「それであれば、一先ずは安心ですな」

「そうですね。思ったよりは全然いいです」

ゴーレムを使って人を放り投げるなど安心できる要素は何一つないのだが、トマソン達が安堵したように息を吐いた。

その様子にラッツとマイナは思わず顔を見合わせる。

「詳しくは道すがら聞くと致しましょう。まずは……」

気を取り直したトマソンが視線をジャイアントアントジェネラルの影に隠れるローブの男へと向ける。

ジャイアントアントが壊滅寸前まで追い込まれている今、敵を追い詰めるのは難しくない。

「敵を生け捕りにします。ジョン、ラッツ、マイナ。援護をお願いします」

トマソンの案にジョン達は表情を引き締めて頷いた。

「何なんですか!?　いったい!」

ローブの男は混乱していた。

自分に託された大蟻の群れは物量作戦にうってつけの魔獣だ。

この魔獣で外周区の東側一帯を制圧するのが彼に与えられた任務だった。

外周区の東側には外周区内での最大戦力と目されるトルキス家がある。

そういった戦力と対峙した時に押し切る為、バッグに積めるだけ召喚の筒を詰め込んで戦場に赴いた。

早々に、戦力の厚みを増す為に放たれた誰かの大蜘蛛と獲物を奪おうとした男の大蟻が戦闘を始めてしまうというアクシデントがあったが、途中遭遇した【フィルファリアの雷光】と【フィルファリアの紅い牙】相手には上手く立ち回れていた。

「くおっ!?」

大蟻に降り注ぐ魔法の余波を身に受けて、男が後退る。

本来なら戦力であるジャイアントアントジェネラルから離れるべきではない。

その事は男も分かっている。だが——

(巻き込まれるっ!)

街中での戦闘で守る側の相手が大規模な魔法を使う事は想定していなかった。

追い詰められればその限りではないだろうが、今この場における相手の火力は想定外だ。

なにせ人の身ではおいそれと使う事の叶わない精霊魔法の集中砲火である。

それも、精霊自ら。

目の前で瞬く間に大蟻達が駆逐されていく。

魔獣召喚のストックはもうない。

ここから戦況を覆せるだけの力は男にはなかった。

(撤退して立て直しましょう!)

逃げる、とは言わない。

これは戦略的撤退だ。

上司に報告して対策を立てるのだ。

報連相は大事である。

精一杯の虚勢を張りつつ、男が少しずつ大蟻の群れから距離を取る。

また魔法が着弾し、折れ飛んだジャイアントアントの強靭な牙が男の足元に突き刺さった。

「ひいぃ……っ!?」

最後のジャイアントアントが倒された。

もう一刻の猶予もない。

(逃げなければ……!)

男の心は容易く折れた。

あんな戦力、一国の大部隊だって相手にできない。

毒も罠も使わず、力技で大蟻の群れを排除してしまうような火力にどう立ち向かえば勝てるというのか。

（この謀反は失敗する！）
精霊達の手によって。
そう結論付けて、男は踵を返して駆け出した。
悪夢が具現化したような戦力に背を向ける。
（振り向いては駄目だ、振り向いては駄目だ、振り向いては――）
ジャイアントアントジェネラルが倒されれば、あの魔力の矛先は自分に向く。
あの規模の魔法を喰らえば、元の形など分からない肉片にされるだろう。
「ひっ、ひっ……」
引きつけるような悲鳴を繰り返しながら、男は走った。
ただ逃げる。
その事だけを考えて。
そうしなければ全てが終わる。
その時、男はある可能性については考えなかった。
否、考えないようにしていた。
逃走を阻まれる可能性である。
「逃げられると、お思いですか？」
白金の雷光を伴って瞬時に姿を現したトマソンが男の行く手を遮った。
足を止めた男が進路を変えようとするが、もう遅い。

四方をジョン、ラッツ、マイナにも囲まれていた。

トマソン達は男がジャイアントアントジェネラルから十分に離れるのを待っていたのである。

突き付けられる棍に男が後退る。

「手こずらせやがって……洗いざらい、吐いてもらうぜ？」

背後からジョンの声が響き、ローブの男が息を呑む。

元々上背のある男だ。

トマソンからはその顔がよく見えた。

戦意を喪失した蒼白な顔が。

怯えて震える様は顔を見ずとも分かるだろう。

「た、たのむ……こ、殺さないでくれ……」

観念した男が両手を上げて降伏を示しながら懇願を口にした。

「虫のいい話ですな。これだけの事をしでかしておいて」

トマソンの視線に射抜かれて、男が膝をつく。

「あんな……精霊の怒りに触れて、抗える筈がない！」

精霊信仰において、人の生活と精霊の恩恵は切っても切れない関係にある。

普通は精霊を敬って生きている。

それは正しく生きる者ほど顕著だ。

そう考えれば、この男は犯した罪の大きさはともかく、まだまともな部類なのかもしれない。

ただ、一つ。

男は思い違いをしていた。

それはトマソン達、仕える者として正さねばならない。

「お前達は精霊様を怒らせたのではない。ウィル様を怒らせたのだ」

トマソンはそう言うと、視線をジャイアントアントジェネラルに襲いかからんとしているゴーレムの頭上に向けた。

その視線をローブの男が追う。

「ウィル……様？」

ポツリと呟いた男の視線がゴーレムの頭上――その先頭に立つ小さな男の子で止まった。

「ま、まさか……この精霊達は、全部……？」

「そうだ。ウィル様に呼応してお出でになられたんだ」

男の呆然とした呟きに答えたのはラッツである。

男はウィルを見上げたまま、息を呑んだ。

まだ年端も行かない男の子だ。

その杖を振る様は純真な子供そのもの。

それが巨大なゴーレムを操り、精霊を従え魔獣を屠ったのだ。

「あ……悪魔だ……」

敵からすれば、それは至極当然の反応だった。

純粋な心と圧倒的な魔力で敵を葬る無邪気な子供。

「ピュアデビル……」

呆然とウィルを見上げたままの男にトマソンが棍を寄せる。

自分が仕える家の子を悪魔呼ばわりされるのを快く思う筈もない。

後の尋問は国に任せればいい。

意識を刈り取ろうと、トマソンが棍に魔力を込める。

「誰が悪魔よ!!」

「ぐぼあっ!?」

横から飛び込んできたマイナがローブの男の顔面を容赦なく蹴り飛ばした。

「おいおい……」

大粒の汗を掻いて呆れるラッツを無視して、マイナがひっくり返った男を見下ろしながら指差す。

「ウィル様はね！　ちょープリティなんだから！　笑顔なんて最高だし、髪はサラサラでほっぺはプニプニ！　抱き心地だって程よい重さでそれでいてしつこくなく！　みんなの笑顔が大好きとかって、性格もちょーいい子なのよ！　例えるなら伝説のエンジェル！　悪魔だなんてもってのほかだわ！」

「まぁ………」

使用人が勤める家の者に愛情を持つ事はいい事である。

「魔法を使う手間が省けたので良しとしましょう」

トマソンが棍を引いて、マイナの所業を不問にする。

もっとも、顔面を蹴り飛ばされて気絶した男にマイナの力説が聞こえているかは疑問だったが。

「ウィル様はちょっと魔法が得意で軽く魔獣を倒せちゃうだけの、普通の可愛い男の子よ！」

普通の定義が少しおかしいマイナの声を聞きながら、トマソンはジャイアントアントジェネラルと対峙する巨大ゴーレムに視線を向けた。

《かたーい！　なにコイツ!?》
《変な魔力流れてるぞ！》
《魔石持ちか!?》
ジャイアントアントを全て撃破したウィルと精霊達は、最後に残ったジャイアントアントジェネラルと対峙していた。
同じように放たれた精霊達の魔法が次々とジェネラルに着弾する。
しかし、大したダメージはなく、ジェネラルが徐々にゴーレムとの間合いを詰めてきていた。
元々、アント上位種の外郭は非常に硬い。
ベテラン剣士の斬撃や熟練魔法使いの物理系魔法も寄せ付けない。
それに輪をかけて、土属性の魔力がジェネラルの身の内から発せられるのをウィルは見ていた。
「えりす！　あのありさん、まほーつかってる！」

「魔石持ちですわ！　ウィル様！」

上位の魔獣の中には体内に魔石を宿す魔獣がいる。

そういった魔獣は同種にはない特性やスキルを有するので危険度が跳ね上がるのだ。

《ウィル、相手からどんな攻撃があるか分からない……ゴーレムで押し切りましょう……》

「わかったー」

シャークティの提案にウィルが力強く頷いた。

シャークティの導きの下、ウィルが魔法ゴーレムの力を解放する。

高く振り上げられたゴーレムの肘から先が導きによって回転を始めた。

その速度が徐々に増していく。

「ごーれむさん、ぐるぐるぱーんち！」


ウォォォォォォッ!!


ゴーレムが高速回転する岩の拳をジェネラルに叩き込んだ。

まるで金属を打ち付けたような硬質な音が響き渡る。

「あー！」

上から叩き込まれた一撃にジェネラルは耐えた。

足を踏ん張ってゴーレムの拳を押し返す。

「ぐぬー！」

ゴーレムに魔力を込めるウィルが唸る。

驚くべき事に、ジェネラルはせめぎ合いながら、徐々にゴーレムを押し返していた。

その顔がゴーレムの頭上に立つウィル達を見上げる。

牙が大きく横に開いた。

「なんかでるー！」

「危ないっ！　ウィル様、下がって！」

「ごーれむさん、さがってー」

魔力を目で捉えるウィルの発言に危機感を覚えたエリスが慌てて前に立った。

同時にウィルがゴーレムを後ろに下げる。

押さえ付けるものがなくなったジェネラルの魔力がより一層高まった。

「来たれ水の精霊！　水面の境界、我らに迫りし災禍を押し流せ水陰の城壁！」

エリスの長杖の先から青い魔力光が溢れ出し、広域に展開された水属性の防御壁がゴーレムとジェネラルの間を隔てる。

それとほぼ同時にジェネラルの口から大量の砂が撒き散らされた。

「砂塵……!?　いえ、これは……!!」

ジェネラルの狙いに気付いて、エリスが一瞬息を飲む。

「押し流せっ！」

今度は攻撃的な意味を込めて、エリスが再度叫ぶ。

水の壁が形を崩してジェネラルの砂塵を押し流すのと、ジェネラルが大きく開いた左右の牙を噛み合わせるのはほぼ同時だった。

噛み合わせた牙の先端で火花が散る。

その火花が砂塵に引火して爆炎となって広がった。

「やはり、火薬っ！」

咄嗟に水で押し流したのが功を奏し、今の爆発はさほど大きくない。

しかし完全な形で放たれればどれ程の被害が出るか検討もつかなかった。

爆破を行ったジェネラルは硬質化の影響か、傷を負った様子もない。

「ああ!?　またー！」

ウィルがジェネラルの魔力を見て声を上げる。

(攻め手がない……)

エリスは静かに焦っていた。

ウィルのお陰で火薬を吐き出すタイミングは把握できる。

しばらくの間、爆破は防げるだろう。

しかし、エリスも防御に手一杯で攻撃まで手が回せない。

ジョンやトマソンが引き返してきたとしても相性が悪い。

ラッツやマイナは風属性だ。

風の精霊が魔法で傷を負わせられないのに人の身では正直厳しいだろう。

《力一杯撃つか⁉》

《結晶化しちまうぞ⁉》

上空から風の精霊のやり取りが聞こえてくる。

《拳岩化した拳で大したダメージが与えられないとなると……》

《どーすんのよっ⁉》

考え込むシャークティにアジャンタの焦った声が飛ぶ。

彼女達にも妙案はないらしい。

（セシリア様であれば……）

セシリアが得意としている樹属性の魔法であれば、アント種に効果的な毒の魔法で状況を一変させられるのだが。

弱気な考えが浮かんでエリスが首を振る。

（いけない……私がウィル様達をお守りしなければ……！）

その為に、今自分はここにいるのだ、と。

エリスが己を叱咤する。

「ウィル様！　精霊様！　エリスが爆発を抑えます！　その隙に！」

「わかったー」

《そうだ！　関節よ！　みんな、関節を狙って！》

返事をするウィルの横で、閃いたアジャンタが精霊達に指示を送った。

精霊達の狙いがジェネラルの胴体から脚へと変わる。

硬質化した脚に目立ったダメージはないが、ジェネラルの動きが目に見えて鈍る。

一定の効果はあったのか、ジェネラルが執拗に攻撃を繰り返す精霊達に凶悪な牙を振り上げた。

牙を大きく広げ、また火薬の噴出態勢に入る。

「えりすー、なんかでるー！」

（今です！）

ウィルの声を聞いて魔法の発動タイミングを正確に見極めたエリスが長杖を掲げた。

「来たれ水の精霊！　隔離の泡沫、我が敵を包め水球の牢獄！」

水で満たされた球型の牢獄がジェネラルの頭部を覆い尽くす。

突如現れた水の塊を嫌がったジェネラルが頭を振り乱して暴れ回った。

「くっ……！」

水球の牢獄を振り解かれないようにエリスが集中する。

本来であれば、この魔法は対象全体を包み込む魔法である。

だが、相手が大きすぎるのと、潤沢とは言えない魔素の量で頭一つを包み込むので精一杯だった。

それでも効果はある。

（この魔法で頭を包み続けられれば……！）

うまく行けばジェネラルを窒息させられるし、包み込んでいる間は火薬を吐き出す事ができない。

かなりの集中力が必要だが、攻撃と防御を同時にこなす事ができる。

だが——

《こんだけ暴れられたら関節なんて狙えないよー》

精霊が悲鳴じみた声を上げる。

ジェネラルは窒息の苦しみから逃れるように暴れ続けた。

（このままじゃ……）

いずれ振り解かれる。

そうなれば、ジェネラルは即座に火薬を噴出し、広範囲を爆破しようとするだろう。

（なんとか暴れるジャイアントアントジェネラルを押さえ込まないと……！）

エリスがシャークティ達にその指示を伝えようとした瞬間——


ドガガガガッ!!


先端を尖らせた土の柱が砕けた石畳もろともジェネラルを突き上げた。

浮かされたジェネラルが空中で藻掻く。

その大蟻を追い越した土の柱がうねり、今度は上空からジェネラルを穿って石畳の上に縫い付けた。

「はわー！」
「これは……土の魔法⁉」
ウィルが驚きに目を見開き、魔法の特徴を見て取ったエリスが驚愕の声を上げる。
《まったく……》
ゴーレムの後方から砲撃していた土の精霊達より更に後ろ。
一人の少女が呆れたような表情でゴーレムを見上げていた。
土属性の精霊である。
見た目の年齢はシャークティやアジャンタに近い。
《あとで詳しく説明してもらうからね！》
見下ろすシャークティと目が合うと、彼女は大きな声で叫んだ。
戸惑いがちに頷くシャークティを確認してふいっと横を向く。
《ありがとう……》
同属の後押しを受けて、シャークティが小さく呟いた。
その頬が自然と緩む。
「しゃーくてぃ！」
《どうしたの、ウィル？》
服の端を引いて呼びかけるウィルにシャークティが視線を向けた。
ウィルの目はキラキラに輝いていた。

「うぃるもあれやりたい！」

《あれ……？》

首を傾げるシャークティをウィルが引っ張る。

ゴーレムの頭の先頭に立つと、そこからは石畳に貼り付けられ、水球の牢獄に苦しむジャイアントアントジェネラルの姿がよく見えた。

「つちのやつ！　ごーれむさんでー！」

指先を揃えてピンッと立てて見せるウィル。

シャークティはウィルの伝えようとしている事を理解した。

「できるー？」

小首を傾げるウィルの頭をシャークティが撫でる。

《できるわ、ウィル。やってみましょう……》

シャークティはすぐさま魔力をゴーレムに流し込んだ。

岩に包まれたゴーレムの拳が形を崩し、杭のように先を尖らせて再構築される。

《これでいい？》

「これー♪」

シャークティの確認に、ウィルがご満悦な様子で頷いた。

「あれで突き刺すの？」

首を傾げるセレナ。確かに先端を尖らせた方が殺傷力は高くなりそうだが、それでもジェネラルの外殻を傷つけられるか疑問である。

だが、ウィルは首を横に振った。

「まだー」

「まだ？」

今度はニーナが首を傾げる。ウィルが杖を振り上げた。

「ごーれむさん、ぐるぐるー！」


ウォォォォォン!!


ウィルの命令に従ったゴーレムが唸り声を上げ、先の鋭くなった右腕を天に掲げる。

肘から先を回転させて、それが高速に達すると甲高く凶悪な音が響き始めた。

「いくよー、ごーれむさん！」

ウィルの声に反応してゴーレムの目の赤い輝きが増す。

ウィルが土の精霊魔法で拘束されたジャイアントアントジェネラルに標的を定めた。

拘束を逃れようと暴れるジェネラルだが、エリスの魔法の効果もあって弱っていた。

先程のような荒々しい動きはない。

「ごーれむさん、ぐるぐるー、ぐるぐるー……えーっと」

何かを言わんとして、ウィルが言葉に詰まった。

それから困ったような顔をしてセレナ達の方を振り向く。

セレナ達は不思議に思って首を傾げた。

あとはゴーレムに命令してジェネラルを攻撃するだけだ。

「どうしたの、ウィル?」

代表するようにニーナが尋ねるとウィルが空を指差した。

「あれー、なんていうのー?」

全員が空を見上げる。

ウィルの指差す先には突き上げられたゴーレムの右腕があった。

回転を続けるゴーレムの右腕は徐々にその速さを増しているように見える。

「ぱんちじゃないよー?」

ウィルの質問の意味を全員理解した。

「えーっと……」

尖った先端を高速で回転させ、穴を掘る道具。

他国の技術に確かそのようなものがあった気がしてセレナが顎に指を当てる。

「確か……ドリル、とか……」

「どりるー!」

セレナの言葉を聞いて、ウィルの表情がキラキラに輝いた。

言葉の響きに感じるものがあったのだろうか。

「いけー！　ごーれむさんどりるー！」

ウォォォォォォッ!!

ウィルの命令に従って、ゴーレムが高速回転する右腕を動けないジャイアントアントジェネラルの背に突き刺した。

堅牢な外殻がゴーレムのドリルを受け止める。

「ううううう……！」

ウィルが唸りながらドリルに魔力を注ぎ込む。

ドリルの強度は申し分ない。

あとは――

《ウィル！　そのまま！》

《任せろ！　速度強化だっ！》

上空から舞い降りた優し気な風の精霊とツンツン頭の風の精霊がドリルに手を翳した。

風の魔力が土属性のドリルに接続され、回転力を強化する。

勢いを増したドリルがジェネラルの外殻にヒビを入れた。

ビシビシと音を立ててヒビ割れが広がっていく。

「ウィル！　もう少し！」

「がんばれー！　負けるなー！」

セレナとニーナの声援を受けて、ウィルが更に闇属性の魔力をドリルに込めて叫ぶ。

「ごーれむさーん!!」

ウォォォォォォ!!

ウィルと同調したゴーレムが叫ぶ。

強度と速度を増したドリルがとうとうジェネラルの外殻を貫いた。

そのまま石畳ごと貫いてジェネラルの体が真っ二つに吹き飛ぶ。

《よっしゃー！》

《やったー！　勝ったー！》

《でか蟻、とったどー！》

風と土の精霊達から歓声が上がった。

「ふー……」

ウィルが額の汗を拭う仕草をする。

「ねーさま、うぃる、やりましたー」

「よくやったわ、ウィル」

「さすが、私のウィルねっ！」

ウィルの勝利報告にセレナは頭を撫で、ニーナがウィルを抱き締めた。

《ウィル！》

ツンツン頭の風の精霊がゴーレムの頭に着地する。

その手には黄色に輝く石が握られていた。

《ほら、これだけでも持っていきな！》

「………？」

ウィルが精霊の少年から手渡された石を不思議そうに見つめる。

「魔石ですね」

《ああ、大蟻から取り出した。ウィルが倒したんだからウィルのモンだ》

「ありがとー♪」

ウィルは素直に礼を言うと、胸のポケットに魔石を詰め込んだ。

《さぁ、行こうぜ！　悪者退治に！》

「あい！」

精霊の少年に促されて、ウィルが元気よく返事をする。

魔力の消費による疲労はあるが、まだまだ頑張れる。

ウィルはまたゴーレムと共に行く先を見つめた。

「にしへ！」

西がどこか、まだ分からなかったが。

第二章

暁の舞姫

episode.2

will sama ha
kyou mo mahou de
asondeimasu.

市街区と外周区を隔てる門の前は戦場になっていた。

押し寄せる魔獣と対抗する者達。

近くにいた住民の避難も完了しないままに。

「列を乱すな！　盾を持つ者は魔獣の動きを制限するんだ！」

髭を生やした大柄の騎士――ガイオスの声に従って前衛が盾を手に魔獣を押し込んでいく。

その隙間から剣を手にした者達が飛び込み、魔獣を葬っていく。

「下がれ！」

戦線が前に移動したのを見て、ガイオスが後退の指示を出す。

防衛側にとって、ガイオスが市街区前に来た事は大きかった。

今、市街区前を防衛をしている者は雑多になっている。

王の命令に従い、カルディ邸へ出向いていた第一騎士団の者達。

街の巡回中に難を逃れて立て直した第二騎士団の者達。

王都周辺の哨戒任務の為に待機していた第三騎士団の者達。

冒険者ギルドで急報を受け、緊急依頼として駆けつけた冒険者達。

普通、これだけ寄せ集めになれば部隊として統率するのに少なからず支障が出る。

だが、ガイオスはそうさせなかった。

よく通る大きな声と確固たる自信で混成部隊を見事に纏め上げた。

元より第三騎士団は冒険者上がりの騎士達が多く、冒険者としての動きを染み付かせている者が多い。

そういった者達は少数規模の作戦では驚くほどの対応力を見せるが、集団での行動を苦手としている。

ガイオスは第三騎士団の団長として、そんな性質を多く含んだ部下達を纏め上げてきたのだ。

ガイオス自身、混成部隊を指揮するのになんの気後れもない。

新米の団員を少し多めに抱えたくらいの心持ちだった。

そんなガイオスの指揮の下、混成部隊は急速に練度を増していったのである。

「怪我した人は下がって！」

回復を担当している冒険者から戦闘の喧騒に負けじと大きな声が飛ぶ。

「すまない！　下がる！」

「援護、行け!!」

前線を支えていた冒険者の一人が後退を申し出て周りの騎士が援護に向かう。

「か、代わります！」

代わりに後ろに控えていた冒険者の少年が緊張した面持ちで前へ出た。

盾も高価ではなく、取り回ししやすい物で一見してランクの低さが窺える。

だが、非常時にそれをとやかく言う者はいない。

「オーケー、ルーキー！　気張れよ！」

「周りと息を合わせるんだ！」

「は、はいっ！」

そうして新米冒険者が前線へと出ていく。

彼らの士気が高いのは、その最前線で剣を振るい続ける男の姿だった。

「はっ！」

短い気合と共に振り抜かれた風の魔刀が突進してきたストームバッファローを容易く斬り飛ばす。

【飛竜墜とし】葉山司狼《はやましろう》。今の名をシロー・トルキス。

その評価は対魔獣戦闘のスペシャリストである。

若くして幻獣を駆り、数多の高ランク魔獣を斬り倒し、世界を股にかけて名を馳せた元テンランカー。

冒険者として身を起こし、王族の女性を妻としたサクセスストーリーの体現者。

そんな人物と肩を並べて戦っているのだ。

シローの戦う姿は噂でしか知らない彼の実力を証明するには十分過ぎる動きであった。

憧れを抱く者も多いその存在を目にして、高揚しない者はいなかった。

「ぐっ……くそ……！」

明らかに攻め手側であるローブ姿の男達が表情を歪める。

どれだけ魔獣をけしかけても、騎士と冒険者がそれを防ぎ、大きな風の幻獣が吹き飛ばし、シローが一太刀で斬り伏せてしまう。

次々と魔獣を繰り出してはそれを繰り返していた。

「まとめて切り裂く！　風爪斬!!」

シローが一片から供給された魔力を左手に纏って腕を横薙ぎに振り抜く。

爪の先から発生した風の斬撃が飛翔して、召喚されたばかりの魔獣を切り刻んだ。

防衛用の魔獣を失ったローブの男達が慌てて新たな魔獣を召喚する。

「ふんっ……」

大きな前足で迫り来るサソリ――フォレストスコーピオンを叩き潰した風の一片が目を細めてため息をついた。

「つまらん……」

己の手に張り付いた魔獣の破片を吹いて飛ばす。

「王都で魔獣を放つからにはもう少し歯ごたえがあるやもと思うたが……」

「うっ……」

余裕の態度で睨みつけてくる風狼にローブの男が息を飲む。

しかし、男は無理やり笑みを浮かべた。

「ふっ、ふふっ……さすがは【飛竜墜とし】とその幻獣。しかし、余裕でいられるのも今のうちだ！」

男がローブを捲り、肩から下げたカバンを見せつける。

そこから筒を数本抜き出して一気に魔獣を召喚した。

「まだまだ魔獣は豊富にある！　それに今頃、伯爵の倅が同じように魔獣を持ってトルキス邸を強襲している筈だ！」

「なに……」

風の一片の目が更に細まる。

聞き捨てならなかったシローも一旦間合いを取ってローブの男に向き直った。

「お前の屋敷は魔獣どもに蹂躙されていることだろう……ノコノコ出てきた事を後悔するがいい！

行けっ！　魔獣どもよ！」

ローブの男達が次々と魔獣をけしかける。

彼らには算段があった。

最大戦力であるシローが少しでも動揺し、攻撃の手が緩めば物量で押し込める。

シローが焦れば焦るほど勝機が訪れるのだ。

「……くっくっく」

シローが何かを言うより先に反応したのは風の一片であった。

「あーっはっはっはっ！」

いきなり大笑いし始めた幻獣にシローだけでなく、敵も味方も唖然としたような視線を向けた。

「何がおかしいっ！」

ローブの男が苛立ちに声を荒らげる。

笑い続けていた風の一片はピタリと笑うのを止めて、愉快そうに口の端を歪めながらローブの男を見下した。

「貴様らにウィルの相手が務まるものか」

「えっ？　一片？」

己の相棒の言葉にシローが頬を引きつらせる。

シローとて自分の息子の事が心配だ。

だが、自信たっぷりに言い放つ一片の言葉を思い返してみると、襲撃を受けた際のウィルの行動がまったく想像できなかったのである。

「ウィル……だと？」

新手の戦力かと思考を巡らせるローブの男達を無視して、一片が空を見上げた。

「道理で精霊達が騒いでおると思ったわ……」

実際、一片の目にはまだ精霊の姿は映っていない。

しかし、大気が含む魔素が、街を覆う魔素が、普通では有り得ないぐらい高まっている。

今は戦闘中であるし、魔法を使えば魔素が乱れたりはするのだが、一片の捉えている魔素の流れはそんなレベルのものではなかった。

当然、幻獣である風の一片がそれを感知し損ねる事はない。

「騙そうとしても無駄だ！」

いくら考えたところでウィルという名の危険分子に思い至らなかったのだろう。

ローブの男が憤り、シロー達の動きを警戒するような動きを見せる。
ちょうどその時、離れた所から轟音が響き渡った。
「な、なんだ……!?」
ビリビリと地を揺する衝撃にローブの男達だけでなく、防衛側の者達にも緊張が走る。
見上げると、中通りの東寄りの付近で微かな煙が上がっていた。
火の手ではない。
もっと埃っぽい、土砂を巻き上げたような煙である。
ローブの男達の中でも、それは想定外の事態であった。
あの一帯は男達の仲間が大蟻の魔獣を用いて制圧する予定の地点である。
あのような煙を巻き上げられるような魔獣は支給されていなかった筈だ。
「何が起こった……?」
ローブの男の呟きに応えるものはいない。
一同が固唾を呑んで見守る中、変化は直ぐに訪れた。

ズシン…………ズシン…………

重そうな何かが地を打つ音が響く。
リズム良く響く音が少しずつ大きくなっていく。

そして、それは中通りの交差路に姿を現した。

魔法で作られた巨大なゴーレムが。

「…………………は？」

ローブの男が間の抜けた声を上げる。

ゴーレム使いが敵に存在する事は聞いていた。

しかし、その規模は中級程度。

しかも伯爵の倅のグラムはその魔法対策に特別な魔獣を用立てて貰っていたはずである。

遠目に存在するゴーレムはどう少なく見積っても上級の魔法ゴーレム。

ローブの男達の情報にはない戦力だった。

門を守っている騎士や冒険者、人に襲いかかっていた魔獣までもが出現したゴーレムに目を奪われた。

『あー、れんいたー。とーさまとひとひらさんもいるー。おーい』

響いてきた小さな男の子の声に敵味方関係なくざわめく。

ウィルがトマソンの魔法を見て真似した伝達用の空間魔法である。

トマソンが全員に伝わるように使用した為、敵味方区別なく聞こえていた。

巨大なゴーレムがコミカルな動きで城の方とこちらに手を振ってくる。

「あ、あははははは……」

シローが引きつった笑みを浮かべて手を振り返した。

『あのねー、わるいやつがにしのおやしきにいるんだってー。うぃる、ちょっといって「めっ！」てしてくるねー』

「ウィル……だと……!?」

とんでもない事を言い出した小さな男の子の名前に反応したローブの男が、慌ててシローと風の一片に視線を向ける。

その様子に気を良くした風の一片がニヤニヤと笑みを浮かべ、ウィルと同じように全員に聞こえるように伝達の魔法を使って話しかけた。

『ウィルよ。悪い奴を懲らしめに行くのか？』

『そーだよー。えーっとねー……かるび？』

なんとも美味しそうな名前になっているが、全員がカルディ伯爵の事を指しているのだと理解した。

『ウィル、お主一人か？』

『ちがうよー、せれねーさまとー、にーなねーさまとー、あじゃんたとー、しゃーくてぃとー、えりすとー、あとつちとかぜのせーれーさんたちー』

『そうかそうか……精霊達も一緒であれば安心だな』

『そーだよー。しゃーくてぃにいろいろおしえてもらったから、うぃる、ごーれむさんもじょうずになってきたよー……あっ！』

場にそぐわない、のんびりしたやり取りをしていたウィルが何かに気づいて声を上げる。

よく見ると、ゴーレムに対してカマキリの魔獣——キラーマンティスが鎌を振り上げ、威嚇の態勢に入っていた。

サイズとしては小型だが、それでもゴーレムの膝ほどの大きさはある。

『もー、うぃる、いまおはなししてるのにー！』

ウィルの不満げな声に反応してゴーレムが腕を振り上げた。

『あっちいけ！』


ゴシャッ!!


ゴーレムの腕が振り下ろされ、鈍い音と共にキラーマンティスが叩き潰された。

『あー、んー？　なんだったっけー？』

絶命したキラーマンティスを気にした風もなく、ウィルが会話を続けようとする。

キラーマンティスは体長によって討伐のランクが増減するが、簡単に倒せる魔獣ではない。

鎌による強力な攻撃と機敏な動きによりベテランの冒険者も手を焼く魔獣だ。

それをついでのように倒して気にも止めないウィルに、敵どころか味方まであんぐりと口を開けてしまった。

『せれねーさま、なんだったっけー？　あっ！　そうそう、それー』

セレナと話していたのか、ウィルが教えられて思い出したように声を上げる。

ちなみに、セレナは魔法を使っているわけではないので彼女の声は聞こえない。

『あのねー、うぃる、いまからまじゅーさんよぶからねー、まじゅーさんやっつけてー』

「な、何を言っているのだ⁉　あの子供はっ⁉」

完全に話から置いていかれているローブの男が声を荒らげる。

「魔獣を呼ぶだと⁉」

この場において、魔獣召喚はローブの男達の特別な戦闘手段である。

それをこの声の主はどのように行おうというのか。

「おい、シロー？」

風の一片が不思議そうにシローを見下ろす。

シローは他の者に気付かれないよう、静かに魔力を漲らせていた。

合図があればいつでも飛び出せる準備状態である。

（ああ、なるほど……）

風の一片は納得して、シローと同じく準備状態に入った。

普通に考えればウィルに魔獣を召喚する事はできない。

だとすれば、ウィルの言う「よぶ」という意味は自然と理解できた。

シロー達の後ろ姿を見て、ガイオスも静かに手振りで居並ぶ仲間達へ合図を送る。

それは騎士団総攻撃の前準備——突撃待機の合図だ。

気付いたのは当然騎士団の者達だけだったが、その表情には信じられないという苦笑いが微かに浮かび、すぐに鳴りを潜めた。

固唾を呑んで見守る者達の前でゴーレムが西を向く。

その体がゆっくりと僅かに反らされた。

十分に溜めを作ると、次の瞬間――


ウォォォォォォン!!


ゴーレムは大きな叫び声を上げた。

同時に放出された魔力が声に乗って一気に広がっていく。

「な、なんだ!?」

突然の大声にローブの男が顔を顰めて耳を塞ぐ。

そんな男達より敏感に反応したのは広く展開されていた魔獣達の方であった。

魔獣達が一斉に興奮し始め、次々と鳴き声を上げてはゴーレムの方へ駆け出して行く。

「なっ……!?　お前達、何処へ行く!?　戻れ!!」

ローブの男が攻めるべき門とは真逆に走り始めた魔獣達を制御しようと試みるが、まったく言う事を聞かない。

「戻らんかっ!!　くそっ!!」

仕方なく新たに魔獣を召喚しても、召喚した端から魔獣はゴーレムに向けて走り出した。

「いったいなんだってんだ、く――!?」

ローブの男が声に出せたのはそこまでだった。

音を置き去りにするような速度で飛び込んだシローが男の腹に拳をめり込ませる。

ローブの男達と騎士達の間を隔てていた魔獣が走り去ったのだ。

もう騎士団を阻むものはない。

「突撃ぃー!!」

「「「おおおおおっ!!」」」

ガイオスの号令に騎士団が、更には冒険者の面々がローブの男達に襲いかかる。

「一片っ!!」

「任せろっ!!」

シローの声を聞くより早く、風の一片は飛び出していた。

ゴーレムに向けて走る魔獣達に背後から追いつき、爪で切り裂いていく。

「シロー!!　お前も行けー!!　ここは任せろ!!」

飛び込んできたガイオスが叫びながら他のローブの男を斬りつける。

「すまん、団長!!」

シローはそれだけ言い置くと、風の一片の後を追って駆け出した。

風の魔力で一気に加速し、瞬く間に風狼の横に並ぶ。

「行くぞ、一片!」

「おう!」

一人と一匹は魔獣を斬り伏せながら、ウィルの元へ全力で駆けていった。

◆

内周区前の戦場でもウィルと凪の一片のやり取りは聞こえていた。
そして、同じように興奮した魔獣がゴーレム目掛けて走り去った。
攻撃手段を失って狼狽えるローブの男達。
そんな彼らと対峙していたレンも少なからず動揺していた。
(ウィル様が戦場に……！)
何をしてでもウィルのもとへ駆けつけねばならない。
だが、それには目の前のローブの男達が邪魔だ。
防衛していた騎士達も疲弊している為、無視するのも危険だ。
おかしな魔道具でまた魔獣を召喚されないとも限らない。
(少々、手荒になるが……)
複数人を相手取って、レンが攻め手の算段をつける。
ウィルの為だ。
彼女の中で悪党の生死は不問にされた。
「立たぬか、騎士達よ！　今が攻め時である！　逆賊共を引っ捕らえろ！」

その時突如響いた声に誰もが驚いて振り返る。

新たな騎士を率いた鎧姿の男が抜剣してローブの男達を指し示していた。

「国王陛下⁉」

思わぬ人物の登場にレンが驚きの声を上げる。

それに気づいた国王アルベルトが笑みを浮かべた。

「ウィルベルの声、我らもしかと聞いていた」

アルベルトがちらりとゴーレムを一瞥し、視線をレンに戻す。

「ここは任せよ、【暁の舞姫】レン・グレイシアよ。ウィルを頼む」

「……はっ！」

呆気に取られていたレンがアルベルトの意を汲んで、素早く礼を返した。

それを見たアルベルトが満足げに頷く。

「御庭番、レン・グレイシアの援護を！　手を煩わせる事なく、ウィルベルのもとへ送って差し上げろ！」

「「御意！」」

騎士達の隊列の後ろから次々と仮面をした者達が飛び出してレンのもとへ集まった。

「騎士達よ！　奮起せよ！　陛下の御前である！　逆賊を捕らえ、威光を示せ！」

「「おおおおおっ！」」

第一騎士団長ダニールの号令で持ち直した騎士達がローブの男達を目掛けて突進する。

召喚した端からゴーレム目掛けて走り出す魔獣に見切りをつけたローブの男達が、各々武器を構えて応戦し始めた。

だが、騎士達の人数の方が圧倒的に多い。

苦もなく制圧されるだろう。

レンが交戦状態に突入する騎士達の間を縫って走り抜ける。

目指すはウィルの操るゴーレムだ。

レンの周りを御庭番達が遅れずに追走してくる。

「レン殿、道中の魔獣はお任せを」

レンの脇を並走する御庭番の男らしい声にレンが視線を送る。

その人物だけ他の御庭番と違い、口元をマスクで覆うだけで目元が露わになっていた。

御庭番衆頭目のエドモンドだ。

レンが無言で頷いて視線を前方に戻した。

魔獣の後方に追いついた御庭番達が次々と魔獣に攻撃を加えていく。

更に進むと精霊達の魔法攻撃とそれに連携して魔獣に攻撃を加える人影が見えた。

「トマソンさん、ジョンさん……無事でしたか」

レンが小さくため息をついた。

その二人に加え、ラッツとマイナが戦闘に加わっている。

「バカ娘が……」

並走するエドモンドの舌打ちにレンが思わず笑みを溢した。

「お互い心配が絶えませんね」

「いや、それは……ぬ？」

言い返そうとしたエドモンドが何かに気づいて口を噤む。

殺到した魔獣のせいでゴーレムまでの道が塞がっていた。

「ここまでです、レン殿！　お先へ！　ウィルベル様の事、お頼み申します！」

エドモンドが背の刀を抜き、部下を引き連れて先行する。

「おまかせ下さい。ウィル様の身とマイナの援護、確かに！」

エドモンドに聞こえるようにレンが言い放つが、彼がどのような顔をしているかは分からない。

確認する間もなく、彼らは魔獣の群れに突っ込んでいった。

（……よし）

目の前の交戦状態と人員の位置を見て、レンが道の端へ寄る。

「はあああっ！」

勢い任せに地を蹴ったレンが建物の側面を足場に駆け抜けた。

頭が下向く前に、壁を更に蹴って宙に身を踊らせる。

くるりと体を回転させ、綺麗に体勢を整えると彼女はそのまま勢いを殺さず、マイナに襲いかかろうとするマーダーグリズリーの側頭部を蹴りつけた。

「マイナ！　しっかり！」

「レ、レンさん!?」

いきなり現れたレンに二刀を構えたまま、マイナが見上げる。

「はっ！」

レンはマーダーグリズリーを足場に膝を曲げると足に魔力を溜めて一気に跳躍した。

黒炎が足の裏から一気に放出されてマーダーグリズリーを火だるまにする。

「あれ!? 私、マーダーグリズリーと縁がない感じ!?」

悶え苦しみのたうち回る大熊の魔獣にトドメを刺しながら、マイナが間の抜けた声を上げる。

レンは気にした風もなく、そのままゴーレムの肩に着地した。

「ウィル様!!」

「れんー、いらっしゃーい♪」

球体の防御壁の向こう側でレンに気付いたウィルが笑顔で両手を振る。

「ちょっと待ってね」

アジャンタが魔力を操作して防御壁に人一人通れるくらいの穴を開けた。

そこをくぐってレンがゴーレムの頭部へ入る。

「ああ、ウィル様……セレナ様にニーナ様まで……お利口さんにしてて下さいと申しましたのに……」

膝を突いて視線を合わせるレン。

すぐにでもウィル達の頭を撫でたい衝動に駆られるが今は駄目だ。

レンの手は魔獣の血で汚れていた。

気がつけば、服にも魔獣の返り血が飛んでいて、綺麗だったエプロンは見る影もない。

凄惨さすら漂っている。

だが、ウィルは構わなかった。

笑顔のまま、大好きなレンに真正面から抱きついた。

「ウィル様、いけません。お洋服が……」

「ぎゅー♪」

レンが困り顔でエリスの方を見上げる。

「どうしてこんな事に……？」

普通に考えれば、セシリア達がウィルを戦場に送り出すなど有り得ない。

困惑気味に質問してくるレンにエリスも困り顔で苦笑した。

「カルディ家の手の者がお屋敷を襲撃したんです。それでウィル様が怒ってしまって……」

「だって、あいつらきたらみんなえがおじゃなくなるもん！」

頬を膨らませるウィルの頭をアジャンタとシャークティが代わる代わる撫でる。

レンはその様子にこの精霊の少女達がウィルに力を貸してくれたのだと悟った。

そして、周りを行き交う精霊達も。

これだけの精霊達がウィルを守る為に動いているというのならば、セシリアが国民を救う為にウィルの出陣を認めたとしても不思議ではない。

心中は察してあまりあるが。

そんなセシリアの為にできる事は、レンもその輪に加わり、ウィルを守り切る事だけだ。

諦めたように嘆息するレンをウィルがキラキラした目で見上げた。

「うぃる、ごーれむさんわかってきたのー。みててー」

ウィルは自慢げにそう言うと、ゴーレムの向く先に向き直った。

視線の先には集まってきた様々な魔獣がいる。

更にその後方で新たに魔獣を召喚するローブの人影があった。

彼らが立ち塞がる先にあるのは西の屋敷――カルディ邸だ。

西の端の区画の殆どを所有する大豪邸になっている。

ウィルは真剣な顔で杖を掲げた。

「ごーれむさん、ぐるぐるー！」

ウィルの命令に従って、ゴーレムが右拳を握り締めて右腕を回転させ始めた。

ウィルが杖の先からイメージをゴーレムに伝える。

そのイメージを受け取ったゴーレムの目に力強い光が宿った。

ウィルのイメージをゴーレムが正しく受け取った合図だ。

「いくよー！　ごーれむさん、どこまでもぱーんち！」

ウォォォォォォ!!

ウィルが杖で正面を指し、その方向に向けてゴーレムが高速で回転し始めた腕を差し出した。

「「………?」」

パンチと言う割には何処にも殴りかかろうとしないゴーレムに、見守っていたレンとエリスが揃って首を傾げた。

ひょっとして、何か失敗したのだろうか。

「ウィル様――」

レンが声をかけようとした時、変化は訪れた。


ドンッ!!


大きな音がして高速回転していた拳がゴーレムから分離して飛んでいく。

大砲のように撃ち出された右拳は高速で回転したまま、通りを一直線に飛び、前方を遮っていた魔獣を触れる端からふっ飛ばしていった。

「「「ぎゃあああああっ!?」」」

安全圏にいると思っていたフードの男達が飛来したゴーレムの拳を見て、慌てて道の端へ飛び退く。

通りを突き抜けたゴーレムの拳はそのままカルディ邸に突き刺さった。

「凄いわ、ウィル!　ゴーレムの手を飛ばすなんて!!」

（（えぇぇぇぇえっ⁉））

満面の笑みで弟を褒め称えるニーナの後ろでセレナとレン、エリスが胸中で驚愕する。

普通、腕とか飛ばない。

「えへへ♪」

ニーナに褒められたウィルが照れ笑いを浮かべて頭を掻いた。

《魔法ゴーレムならではの技ね……》

《ゴーレムの腕って飛ばせるんだ……》

シャークティが満足げに頷き、やや呆れたようなアジャンタが感心したふうに呟く。

「おてて、なくなっちゃったー」

ゴーレムの腕を眺めるウィルの頭をシャークティが撫でた。

《大丈夫よ、ウィル……》

「ほんとー？」

《ええ。まだゴーレムの本体と腕の魔力は繋がっているでしょ？　近くに土があればそれで補う事ができるけど、今はないからその繋がった魔力から回収する事ができるわ。魔力が切れても土が残っていれば、そこから補う事も可能ね……》

「へー……」

ウィルがシャークティの説明に感心したような声を上げる。

物は試しと魔力を込めて拳を呼び戻す。

屋敷に突き刺さった拳が土へと戻り、導かれるようにゴーレムの腕へ集まって再構成されていった。

「おてて、もとどーり♪」

何事も無かったかのように腕を生やしたゴーレムを見て、ウィルが満足げな笑みを浮かべる。

その様子をレンもエリスもポカンと見守っていた。

「ウィ、ウィル様……いつの間に、そのようにゴーレムを操れるようになったのですか？」

レンが尋ねると、ウィルはきょとんとした顔でレンを見上げた。

普通は何度も使用していく内に魔法の有り様を理解していって様々な事ができるようになっていくのである。

習得速度だけではなく、ウィルは習熟速度も速いというのだろうか。

レンの質問にウィルは不思議そうな顔のまま言った。

「しゃーくてぃにおしえてもらったから……あと、ごほんにもかいてあったー」

「ごほん？」

「もーがんせんせーのー」

ウィルの説明にレンが思い当たる。

何語かで書かれたかも定かではない土の魔法書だ。

「え？　ウィル様、読めたんですか？」

エリスが驚いたように声を上げる。

その場にいた誰一人、その字を読めなかったのである。

驚くのも無理はない。

だが、ウィルは首を横に振った。

「え」

「え？」

「だから、え！」

ウィルの言葉に全員が首を傾げる。

「えがかいてあったからー」

「ああ、絵ですね……」

ウィルはまだ字が読み書きできない。

だから図解しか見ていなかった。

その図解からゴーレムに何ができるか理解したのだ。

それでも疑問が残る。

シャークティに教えられた魔法は真似すればいいいかもしれないが、ウィルは初見のものまで使いこなしている。

それはあまりにも難易度が高い。

図解では魔力の流し方まで理解できない筈だ。

「魔力の操作は絵でも分からないですよね？」

更に質問するレンにウィルが嬉しそうに答える。

「ごーれむさんがおしえてくれるのー」

「ゴーレムが……？」

ウィルの言葉を反芻して、レンは理解した。

（ゴーレムと対話している……）

当然、言葉ではない。

魔力で、だ。

ウィルはゴーレムに魔力を流す際、ゴーレムの反応でできるできないを確認しているのだ。

おそらく、遂行可能な命令を受けた際にゴーレムが要求してくる魔力を目で見て判断しているに違いない。

「お見事です。ウィル様」

幼くしてゴーレム生成の魔法を己の物としつつあるウィルに、レンは表情を綻ばせた。

まだまだ魔力的には未熟であろうが、間違いなく有数の使い手に成長していくだろう。

身体的にも未熟なウィルにゴーレム生成の魔法は非常に相性がいいかもしれない。

「えへへ♪　れんにほめられちゃった♪」

ウィルはといえば、レンに褒められた事が大層嬉しかったらしく、照れと歓喜に頬を緩めながらクネクネしていた。

（ゴーレム生成の魔法を教えてくれたモーガン様や土の精霊様にも感謝しなければなりませんね……

あとは……ゴーレムだけに頼らないよう、沢山運動させてお体をお作り頂かねば……）

クネクネしているウィルを微笑ましく見守りながら、レンは一人今後の教育方針について考えていた。

こういうお固い所もレンらしいといえばレンらしい。

「あ、見て見て！　御庭番の人達がローブの人達を捕まえているわ！」

ニーナが指差す方で仮面をつけた御庭番の者達がローブの男達を次々に捕らえ始めた。

ウィルが魔獣を引き付けた事で動きやすくなった御庭番や騎士達が、屋根や物陰からローブの男達に接近して魔獣騒動を元から鎮圧していく。

「ウィル、もう一息よ。このまま魔獣をやっつけていきましょう」

「はい、せれねーさま！」

セレナの言葉に意気込んで、ウィルはゴーレムに命令した。

「ごーれむさーん、まじゅーをやっつけろー！」

ウォォォォォォン!!

ゴーレムの咆哮が戦う味方を鼓舞するように、再びレティスの空へ響き渡った。

◆◆◆◆

「そ、そんな馬鹿な……」

破壊された部屋の前で膝から崩れ落ちたカルディァは床に突いた手を震えながら握り締めた。

「私の夢が……王になるという、夢が……あんな子供に……！」

顔を歪ませて固く握った拳を二度三度と床に叩き付ける。

そんなカルディァの様子をローブの男達は黙って見下ろしていた。

彼らにもウィルの声が届いていた。

そして、馬鹿げた大きさのゴーレムから放たれた飛翔する拳の一撃を目の当たりにして彼らは悟った。

この謀反のパワーバランスを塗り変えたのが誰なのかを。

(気の毒な……)

刺繍の入ったローブを着た男がカルディァの背中を眺めながら胸中で嘆息する。

これが【飛竜墜とし】や【暁の舞姫】に阻まれたのなら、まだ諦めもつく。

だが、カルディァの野望を阻んだのは年端も行かぬ子供なのだ。納得するのは難しい。

おそらく、カルディァの息子——グラムを恐怖のどん底に叩き落としたのもあの子供だろう。

「悪魔め……」

男がローブの奥で誰にも聞こえないような小さな呟きを漏らす。

「ははっ！　アレと共に騎士共が押し寄せてくるぞ！」

「ケヒヒ！　【飛竜墜とし】や【暁の舞姫】も来るな！」

背後で嬉々とした声を上げる部下達に男はあからさまなため息をついた。

「引くぞ……作戦は失敗だ」

男の声に顔を青ざめさせたカルディが慌てて振り返る。

彼の部下達も慌てて反応した。

「そりゃねーよ、大将！　ここからがいいとこじゃねーか！」

「ケヒヒ！　俺達にも肉を斬り刻ませてくれよー！」

興奮した目に怪しい光を灯して見返してくる部下達を見て、男が目を細める。

（クスリが効き過ぎているのか……？）

「わ、私も……！　このままでは引き下がれません！」

男が思案しているとカルディが立ち上がり、真っ直ぐ男を見返してきた。

部下達の異様な目つきとカルディの切羽詰まった目つき。

完全に戦闘と野望に固執しており、正常な判断力を失っている。

（これは駄目だな……）

男は諦めたように嘆息すると、まず部下達の方へ向き直った。

「好きにしろ。但し、途中で拾わんぞ。きっちりケリをつけてこい」

「よっしゃ！」

「了解ぃ！」

部下達は返事もそこそこに、どちらが誰と戦うか相談し始めた。

そんな二人を捨て置いて、男がカルディに向き直る。

「カルディ」

「はっ！」

膝を突いて頭を垂れるカルディの前に男は筒を一つ差し出した。

「これは……？」

魔獣召喚の筒に似ているが、デザインが少し違っている。

「まだ開発段階の物だが、強力な魔獣が入っている。選べ」

男の言葉にカルディが戸惑う。

選べも何も、筒は一本しかない。

男はそんなカルディを無視して続けた。

「ここで命を賭けて戦うか、それとも私と共に撤退して再起の時を待つか……」

淡々と言い放つ男にカルディは息を飲んだ。

だが、その手は迷う事なく差し出された筒を掴んだ。

「戦います。最後まで！　あんなワケの分からないガキに！　私の夢を砕かれてたまるものか！」

興奮したように叫ぶカルディを男は静かに見返した。

「良かろう。では戦いに勝ち、私を迎え入れるがいい！」

「ははっ！　必ずや崇拝者様を新たな王国に迎えて差し上げます！」

勢い良く頭を下げたカルディが壊された部屋の縁に立つ。

外が丸見えになっているがまだ室内だ。

このまま召喚すれば屋敷が更に壊れる。

（構うものか！　王となればこの屋敷は用済みだ！）

カルディは胸中で吐き捨てて、視線を真っ直ぐゴーレムの方へ向けた。

筒を握った手が力んで震える。

野望を阻止されそうになり、怒りが込み上げているという事もある。

また、戦闘を得意としないカルディ自身の緊張もあった。

「いいか！　恨みっこ無しだからな！」

「ケヒッ！　やっと肉が刻めるぜぇ！」

話がまとまったのか、大男がカルディの左に立ち、小柄な鉤爪の男が右に立った。

大男が興奮した野獣のような目でカルディを見下ろし、口の端を釣り上げる。

「真ん中のゴーレムはテメェにやる！」

「ケヒヒ！　せいぜい気張って魔獣を召喚するんだな！」

次々にカルディの背を叩く男達。

それは彼らなりの激励だ。

逃げず戦う事を選んだカルディを少し見直したのかもしれない。

今のカルディには、それは何よりの力になった。

たとえやれる事が魔獣の召喚だけだったとしても。

カルディは大きく深呼吸して、手にした筒を掲げた。

「行くぞ！　くそガキ!!」

筒に魔力を注ぎ込むとその模様が妖しく輝き出す。

同時に引きずり込まれるような感覚を覚えてカルディの背に悪寒が走った。

（こ、これは……!?）

魔力が筒に吸い取られる。

その筒は普通の筒と違い、消費魔力が桁違いだった。

（ぐっ、くっ……こ、これ以上は……!!）

無理やり引き出される魔力にカルディは男の開発段階だという言葉の意味を理解した。

いくら強い魔獣が召喚できるといっても、この消費魔力では召喚だけで動けなくなってしまう。

ブルブル震え出したカルディが床に膝を突いた。

魔力の吸引が徐々に強まっていく。

手を離そうにも、筒はカルディの手に張り付いたように離れなかった。

蝕まれるような嫌な気配が筒から腕を這いのぼってカルディの身の内に根を伸ばしていく。

ビシビシと何かを引き千切るような音が脳に直接響いてきた。

（……しっ……死ぬ……）

朦朧とする意識の中でカルディが喘ぐ。

耐えることしばし、魔力を吸い取られる感覚がなくなって、カルディの手から筒が零れ落ちた。

カランと高い音を響かせる筒に遅れて、カルディの体が床に崩れ落ちる。

「はぁっ……はっ……」

カルディが額にびっしょりと汗を浮かべ、荒く息を吐く。

転がった筒は力を失わず、カルディの目の前で妖しい光を燈し続けている。

視線を先に向けると、何かの巨大な魔獣がカルディとゴーレムの間に立ち塞がり、その脇をローブの男達が駆け抜けて行く姿が映った。

「これで……わ、私が……王に……」

三つ重なる咆哮を聞きながら、カルディは意識を手放した。

◆◆◆◆

カルディ邸の前に不気味な魔力の渦と雷光が現れた。

ローブの男達の無力化と魔獣討伐を順調に行っていた混成部隊の面々が、その異様な雰囲気に思わず動きを止める。

「何、あれ……？」

呆気に取られたような声音で呟くニーナにウィルも首を傾げる。

「たぶん……まじゅーがでてくるー」

ウィルが自信なさげなのも無理はない。

今まで見た魔獣召喚と比べても、それは異質だった。

「皆様、油断なさらぬように」

レンがこの不穏な空気に警戒心を引き上げる。

戦闘経験豊富な彼女はここで対応が遅れる事がどれほど危険か熟知しているのだ。

人々が固唾を呑んで見守る中、魔力の渦に巨大な獣のシルエットが浮かび上がった。

「あれは、まさか……！」

シルエットの異形に誰かが呟く。

渦の奥から六つの異なる形の目がこちらを睨みつける。

その影がゆらりと揺れて、渦からゆっくりと姿を現した。

二つの首は狼と山羊。

四本の足はそれぞれが混ざり合い、体は狼に近い。

ウィルのゴーレムと同等の大きさを誇り、その尾から伸びた大蛇が二つ首の更に高い位置で鎌首をもたげていた。

「ば、バカなっ!?」

「巨獣のキマイラだと!?」

「でかい……！」

騒然となる混成部隊。

それもその筈、キマイラは人が滅多に立ち入らないような自然の奥深くで稀に発生する危険な魔獣だ。

その容姿は様々で、複数の魔獣が何かの要因で合成されている。

個体毎に有する能力もばらばらで、厄介極まりない。

発見されれば即座に緊急の討伐依頼が発令され、上位の冒険者で討伐隊が組まれる。

時にはテンランカーに直接依頼が出される事もあるキマイラの討伐ランクは8や9だ。

殆どの冒険者は伝え聞いたことがあるだけで目にしたことすらない。


ギャァアアアアアッ!!


目を血走らせたキマイラが涎を撒き散らし、不快な絶叫の三重奏を奏でる。

「きゃっ!?」

その忌々しさにセレナが思わず悲鳴を上げ、顔をしかめた。

心の奥底から這い出してくるような恐怖に足が竦む。

「テラーボイス……」

エリスの呟きにレンが無言で頷いた。

その叫び声に魔力を乗せて、相手を恐怖に陥れる魔獣特有の能力だ。

力のない者であれば一瞬で戦意を喪失してしまう。

「ううっ……」

「どうしたの、ウィル!?」

先程までの様子とは打って変わってうずくまるウィルにミーナが慌てて駆け寄った。

「「ウィル様!?」」

ウィルの急変にレンとエリス、セレナも駆け寄る。

それを後ろから見守っていたシャークティが辛そうな表情で目を伏せた。

《ウィル……見えてしまったのね……》

《ひどい！　こんな事って……》

アジャンタの視線の先でキマイラが体を振り回し、近くの建物を破壊する。

それは何かに襲いかかるというよりは苦しみにのたうち回っているように見えた。

「うっ、グスッ、ううう……」

ウィルがポロポロと涙を零し始めた。

寄り添ったニーナがそんな弟を励ますように強く抱き締める。

「ウィル、大丈夫？」

「まじゅーが、いたいよーいたいよー、って……」

「いったい……どういう事ですか、精霊様？」

ウィルの言葉の意味が分からず、エリスが精霊の少女達を交互に見る。

シャークティが伏せた目を開き、視線をキマイラに向けた。

《あのキマイラ、魔力の流れが普通じゃない……三つの魔力が無理やりつなぎ合わされてる。おそらく、自然発生したキマイラじゃない……》

彼女が言うには、キマイラも個として生まれてくるのだそうだ。

混ざり合った魔獣は別々の意思を持つが、魔力は共有され、複数の意思の間を淀み無く流れるという。

だが、彼女達の目の前に現れたキマイラの魔力は共有されず、三匹分の魔力が混在している状態なのだ。

ウィルの目には、その歪められた魔力の流れがはっきり見えていた。

その魔力がキマイラの中で膨れる度、キマイラが苦し気な雄叫びを上げる。

決して人に理解し得ない声であったとしても、ウィルにはキマイラの悲痛な訴えが分かってしまったのだ。

かわいそうだ、と。

ウィルの涙は止まらなかった。

《あれは造り出されたキマイラなのかもしれない……》

アジャンタがポツリと呟き、心配そうにウィルを見た。

その言葉をレンが反芻する。

「造り出された……人造だと……？」

本当に人の手でそんな事が可能なのか、レンにもそれは分からない。

だが、どういう経緯であれ、キマイラのような危険な魔獣が街で召喚されてしまった。

すぐにでも倒さねば、街に及ぼす被害は計り知れない。

「このままじゃ、逃げ遅れた人達が……」

呟きながらキマイラの様子を再び確認しようとしたセレナの目に止まるモノが映り、彼女はそれを注視した。

「レンさん、エリスさん、あれ！」

セレナの指差す方向に二人が視線を向ける。

「あれは……」

「反対側からも来てますね……」

何者かが両側の屋根を伝ってこちらに接近してくる。

現状でキマイラを意に介さず突進してくる者など不審極まりない。

敵と見て間違いなさそうだ。

（……あの位置取りなら）

レンがすぐに判断してエリスに向き直った。

「エリスさん、私が出ます。ウィル様の事をお願いします。動けないようでしたら撤退を……」

「分かりました。ですが、もう片方は……？」

エリスの質問にレンが答えるより速く、何者かが飛び上がり、右手の屋根の上へ着地した。

「あ……シロー様と一片様」

「あのようなだだ漏れの気配、シローや一片が気付かないわけありませんので」

シローに対して絶対的な信頼を寄せるレンの答えにエリスが笑みを零す。

「それでは、よろしくお願いします」

レンはアジャンタとシャークティに小さく礼をして、最後にウィルの頭を優しく撫でるとゴーレムの頭上から飛び立った。

そしてシローとは反対側――左手の屋根の上にレンは降り立つ。

突進してきた者がレンの姿を捉えて足を止めた。

小柄でローブから露わになっている両手に鋭い鉤爪を装備している。

「ケヒッ！　当たりだぁ……！」

男が淀んだ目でニタリと笑い、舌なめずりをする。

そんな不快な笑みをレンは斜に構えたまま、鋭く睨み返した。


レンと同じく反対側の屋根の上ではシローと風の一片がローブの大男と対峙していた。

「こっちはハズレか……」

嘆息混じりに呟く大男にシローの目が微かに細る。

「ハズレ……？」

「ああ、気にするな。俺も拳闘士なんでな……」

ローブをはだけ、腕に嵌めた手甲を見せる大男。

同じ拳闘士のレンと戦いたかったという事なのだろう。

正直、シローにはどうでもいい事だった。

彼の関心は反応の無くなったゴーレムに向けられていた。

ウィルの様子を見に行きたかったが、近付いてくる気配を無視する事も出来なかった。

「あれを見たのであろうな……」

シローの心中を代弁するかのように風の一片が呟く。

シローにも風の一片にもキマイラの異常さは感じ取れていた。

同じものをウィルが見ていたというのなら、ウィルはキマイラを見て何を思ったのだろうか。

「シロー。キマイラは儂が殺る……その男は任せる」

「できるのか？」

「やらねばならぬだろう。このままでは街が滅ぶ」

風の一片の本体はシローの持つ魔刀である為、魔刀から離れると十分な力を発揮できない。

広い場所なら機動力を活かしてなんとかできるかもしれないが、街中でそれをやれば被害が拡大するだけだ。

風の一片にとっては不利な戦いになる。

「お主はそこの男を倒してから来るがいい」

「分かった……」

「それから」

納得するシローに風の一片が視線を向けた。

「ウィルにも声をかけてみる。心配するな」

「すまん」

シローが素直に謝ると、風の一片は微かに笑みを浮かべて大きく跳躍した。

ローブの大男の頭上を飛び越える。

すれ違いざまに風の一片と男の視線がかち合うが、男は特に何もせず風の一片を通した。

「余裕だな……」

「まさか」

シローの声に向き直った大男が笑みを浮かべる。

【飛竜墜とし】と幻獣を同時に相手できるかよ。だったら、楽しめる方で行くさ」

そう言うと大男は拳を上げて身構えた。

それに呼応するようにシローも半歩左足を下げて魔刀を握り直す。

双方はいつでも動き出せる状態で睨み合っていた。

ウィルはしゃがみこんだまま、ニーナの腕の中で泣いていた。

時折響くキマイラの張り裂けるような悲鳴にウィルの体がビクリと震える。

ニーナはその度にウィルの体を撫でさすった。

（これ以上は限界ですね……）

ウィルの様子を見守っていたエリスは早々と結論付けた。

これ以上、この場に長居をしてウィルに精神的な負担を負わせたくなかったのだ。

神憑り的な快進撃を繰り広げたウィルを止めたのは、魔力異常を起こして悶え苦しむ魔獣。

その可哀想な姿を見て悲しんだウィルはそれ以上前に進めなかった。

それでいい。

この戦況を覆した小さな男の子を誰が責められよう。

ウィルのお陰で救われた命も沢山あった筈だ。

セレナがウィルとニーナを一緒に抱き締め、アジャンタとシャークティが幼い姉弟を労うように撫でた頃、エリスもまたウィルの頬に触れ、優しい笑みを浮かべた。

「ウィル様――」

帰りましょう、と。エリスが続けようとした時、頭上から聞き覚えのある声が響いた。

『ウィル、聞こえておるか？』

『ひとひらさん……』

伝達用の魔法で届いた静かな風狼の声に、ウィルは涙に濡れた顔で空を見上げた。

『……その様子だと、キマイラの魔力の流れを見たのだな』

『うん……まじゅーがいたいよ、って……』

風の一片の声にウィルがグスリと鼻を鳴らす。

ちょうどいい具合に力が抜けているのか、ウィルの伝達魔法は風の一片と周りにいる者達だけに聞こえていた。

『そうか……』

『とってもかわいそーだよ……』

『そうだな……』

ウィルの言葉に風の一片は静かに相槌を打っていた。

『だが、あの魔獣を治す術はない』

『そっかー……』

あからさまに肩を落とすウィル。

話が途切れたところで風の一片が切り出した。

『ウィル……儂はキマイラを殺す』

『えっ……？』

驚いたような声を上げるウィルに風の一片は静かに話し続けた。

『あの魔獣は元々悪い魔獣だ。今のように苦しんでいなければ、今頃街は瓦礫の山だっただろう』

『わるいまじゅーなの……？　でも……』

『……』

『ウィルの優しさはよく分かる。だが、今、奴を倒さねば街が破壊されてしまう。そうなれば、もっと沢山の人間が悲しい思いをする事になるだろう』

『…………』

黙り込んでしまうウィル。

ウィルの心中にもそれはやだな、という思いはある。

だが、目の前の魔獣は生きながらにして苦しんでいる。

ウィルの倒してきた人を襲おうとする魔獣とは違う。

キマイラが魔力異常を起こさず、人や街に襲い掛かっていたのならウィルは迷わなかったかもしれない。

『ウィルはよくやった。あとはこの風の一片に任せるがよい』

『ひとひらさん……』

ウィルが姉達に支えられながら立ち上がる。

ウィルの視線の先には変わらずキマイラのもがき苦しむ姿があった。

そして、会話していた風の一片の大きな後ろ姿が屋根伝いにキマイラへと向かっていた。

「あっ、フロウ!?」

「ゲイボルグ!?」

セレナとニーナの身の内から緑色の光が飛び出し、二匹の仔狼がゴーレムの頭の縁に降り立つ。

そしてレヴィも、ウィルの身の内から飛び出してゴーレムの頭の上に立った。

「れびー……」

仔狼達は皆、横に並んで風の一片を見ていた。巨大なキマイラと対峙しようとする父親の姿を。

「ピィ、ピィー！」

ニーナの肩から飛び降りた火の幻獣の雛がゲイボルグの頭に降り立ち、頑張れと言わんばかりに声を上げる。

ウィルはそんな仔狼達と風の一片の姿を交互に見た。

『ひとひらさんはどーしてたたかうの？　あぶないよー？』

『ふふっ……そうだなぁ』

自分の事は棚上げしたウィルの質問に風の一片は思わず笑ってから答えた。

『街が破壊され、人々が傷付けば傷付くほど、シローとセシリア殿が悲しむからだ』

『とーさまとかーさまが……？』

『そうだ。儂はそれが何より辛い。だから、儂は戦うのだ。相手がもがき苦しむかわいそうな魔獣が相手だとしても』

『…………』

また黙り込んでしまったウィルに構わず、風の一片が話を続ける。

『ウィルよ。大切な何かを守りたいのなら、どんな敵と向かい合っても目を背けてはならぬ。時には深く傷付く事もあるだろう。高い壁に阻まれる事もあるだろう。だが、それでも。その度に、何度でも立ち上がって前へ進むのだ』

『なんどでも……？』

『そうだ。戦うとはそういう事だ』

『たたかう……』

ウィルが頭の中で風狼の言葉を反芻する。

『皆の笑顔を守りたいのであろう？』

ウィルは答えなかった。

しかし、風の一片の言葉はウィルの心にしっかりと届いていた。

先程まで悲しみに沈んでいた表情は、今はどこにも無い。

ウィルの表情の変化に周りの者達が安堵の溜め息を吐いた時、風の一片の鋭い声が響いた。

『側仕え！』

「……っ!?」

エリスが反射的に前に出てキマイラを注視する。

もがき苦しんでいたキマイラが足を踏ん張り、狼の頭が大口を開けていた。

その前に巨大な火の塊が膨らんでいく。

「いけない！」

その火球は通りの直線上——ゴーレムへと向けられていた。

エリスが慌てて通りを確認すると、ローブの男達を捕らえていた騎士や御庭番がキマイラの火球に気付いて大急ぎで退避してくるところだった。

(手前だけでは守り切れない……!!)

即座に判断してキマイラに向き直ったエリスが杖を前方に構える。

「来たれ水の精霊！　水面の境界、我らに迫りし災禍を押し流せ水陰の城壁！」

退避してくる者達を護る為、やや離れた所に展開させた水属性の防御壁を見たエリスは表情を曇らせた。

同時にキマイラの火球が放たれる。

（壁が弱い！　これでは……！）

展開した防御壁の強度と火球の威力の差を感じ取ったエリスが後ろを振り向いて身を盾にする。

「伏せて下さい！」

エリスの声と火球が防御壁を突き破るのはほぼ同時だった。

ゴーレムの頭部にはアジャンタの防御壁もあるが、それでもどれほど火球を抑えきれるか分からない。

衝撃に備えてエリスが目を瞑る。


ドガァァァァァン!!


大きな炸裂音が鼓膜を打った。

「…………？」

しかし、いつまで経っても衝撃は来なかった。

恐る恐る目を開き、振り向いたエリスの視界に飛び込んできたのは大きな岩の塊だった。

それはピタリと閉じたゴーレムの腕だった。

「シャークティ様が……？」

呆気にとられたように向き直るエリスに、シャークティは優しい笑みを浮かべて首を振り、足元を指差した。

「ウィル……様……」

エリスの足元でウィルが杖を掲げていた。

掲げて口を引き結んでいた。

ウィルが袖でゴシゴシ目元を拭い、涙を拭き取る。

呆気にとられたままのエリスの横まで歩み寄り、真っ直ぐキマイラを見つめた。

キマイラは火球を防がれた怒りと体を襲う激痛に、また悲鳴を上げた。

「いたいよね、くるしーよね……」

ウィルはもう目を逸らさない。

その表情には、幼いながらしっかりとした意志が宿っていた。

苦しむキマイラを救う方法はない。

そのキマイラも元気であれば人も街も襲う。

またみんなを悲しませるのだ。

だったら、どうする。

ウィルの中で答えは決まっていた。

「だったら、うぃるがやっつけてあげる！」

ウィルの意志に添うように、ゴーレムの瞳に紅く力強い光が甦った。

◆

「喰らえっ！」

高く飛び上がった風の一片が爪の先に魔力を纏い、キマイラへと振り下ろした。

三本の斬撃と化した風の魔力が飛翔してキマイラを襲う。

それを見た山羊の頭がひと鳴きして魔力の壁を展開する。

防御壁に阻まれて風の斬撃が消滅した。

「ちっ……厄介な……」

風狼の魔力を抑える程の強力な防御壁に、風の一片が忌々しげに吐き捨てる。

想定内とはいえ、相手に防御壁があるのは好ましくない。

時間を掛ければ掛けるほど、街の被害が大きくなる。

「これならどうだ！」

近接攻撃に切り替えた風の一片が疾走する。

キマイラの懐に飛び込んで鋭利な爪を振り下ろした。


ガキンッ!!


「ぬっ!?」

風の一片の爪が山羊の角で受け止められ、硬質な音が響き渡る。

「おのれ……！　草食魔獣の分際で!!」

爪と角の鍔迫り合い。力が拮抗する中、横から首を伸ばしたキマイラの狼の牙が風の一片に襲い掛かった。

「ふんっ！」

風の一片が即座に身を引いて、狼の牙を回避する。

追撃してくる顎を巧みなステップで躱し、合間合間に爪の一撃を入れて回り込んだ。

大きなダメージは与えられないが爪は届いた。

（山羊の壁は魔力特化か……）

手応えを感じながら風の一片が反撃の機会を窺う。

「――っと！」

死角から飛び込んできた何かを感じ取って風の一片が更に後退する。
キマイラの尾の蛇が先程まで風狼のいた位置を突き抜けた。
首をくねらせるように向きを変えた蛇の頭が鋭い牙と長い舌を出して威嚇する。
「生意気な……ぬ！」
再び間合いを詰めようとした風の一片が後方の狼の様子に眉を寄せた。
狼の口内に火の魔素が吸い込まれるように溜まっていく。
先程の火球とは様子が違う。
「ブレス⁉　放射する気か‼」
火球と違い、放射するのであれば射程距離は短い。
後方にいるウィルのゴーレムには届かないだろう。
しかし、こんな所で火など吐かれては街が燃える。
「させるものか！」
風の一片が魔力で弾丸を作り出し、撃ち続ける。
蛇が退避し、頭を伸ばした山羊が防御壁で弾丸を受け止めた。
（無意味か……いや）
思考を巡らせた風の一片がキマイラ全体を見て判断する。
ダメージは与えられない。
しかし、狼に集まっていた魔素が減衰している。

魔力異常のせいか、キマイラは別々の頭で同時に魔力を行使できていない。

(時間稼ぎにはなるか……)

苦しげに呻くキマイラを見ながら風の一片が胸中で呟く。

狼は炎の放射を諦めていないのか、まだ口内に小さな種火を残していた。

風の一片が手を緩めれば、また火の魔素を吸入し始めるだろう。

(何か良い手は……)

風の一片が次の手を思案する中、その声は唐突に響いてきた。

『ひとひらさん!』

ウィルの先程とは違う意志の篭った声。

風狼はその声に思わず笑みを浮かべた。


「セレナ姉様、ウィル! あの魔獣、また火を吐こうとしてるみたい!」

「このままじゃ、街が火の海になっちゃうわ」

風の一片とキマイラの攻防を見ていたニーナとセレナが声を上げる。

「あじゃんた!」

ウィルは横にいたアジャンタの方へ向き直った。

「こないだのやつ、やって!」

《こないだの?》

ウィルの言葉にアジャンタは一瞬考えた。

ウィルの指差す先——風の一片は距離を置いて風属性の魔弾でキマイラの動きを封じ込めている。

ウィルはアジャンタに風の一片の援護をして欲しいのだ。

《分かったわ、ウィル！》

理解して快く引き受けたアジャンタが上空に風の魔力を放ち、キマイラに向けて【気流の弾雨】を降らせる。

防御に手一杯になったのか、狼の口からブレスの兆候が消えた。

その様子を見たニーナが喜声をあげる。

「今がチャンスね！」

「どうするの？　ウィル？」

本来であればキマイラのような危険な魔獣に近づかない方がいい。

遠くから魔法攻撃する方が比較的安全そうだ。

そう思ったセレナの質問に、しかしウィルは力強く答えた。

「すぐいく！」

その目には強い意志が宿っていた。

困るセレナに代わってシャークティがウィルの背後に立つ。

《分かったわ……私がウィルやお姉様達を全力で守るわ》

《ちょっ⁉　ズルい！》

アジャンタの非難をシャークティがスルーする。

そんな精霊達のやり取りにエリスが思わず笑みを浮かべた。

「分かりました。私も全力を以って皆様をお守り致します」

エリスの言葉にウィルはコクンと一つ頷いて、キマイラの方へ向き直った。

風の一片とキマイラは通りの西の端で戦っている。

ゴーレムの周辺にはまだ少し魔獣が残っており、キマイラを警戒しつつ戦闘が続いていた。

（ゴーレムが急に動き出せば、皆様が混乱しますわね……）

周囲の状況を把握しつつ、連絡手段を模索するエリス。

「ウィル様――」

せめてウィルに伝達魔法を使って貰おうと思い、向き直ったエリスはギョッとした。

視線の先でウィルが杖を振り上げていたのである。

「こねくとー！　かぜのせーれーさん、あつまれー！」

「あっ、あっ……！」

ウィルの言葉にエリスの頬が引きつった。

先日、ウィルが風の精霊を呼んでゴーレムに何をしたのか。

その結果、どうなったのか。

まざまざと思い出して、エリスは慌ててゴーレムの上から身を乗り出した。

「みなさーん!!　逃げて、いえ、ゴーレムから離れてー!!」

エリスの慌てた声に気付いた面々がゴーレムを見上げる。
その間にも、ウィルは詠唱を続けた。
「はるかぜのぐそく、はやきかぜをわがともにあたえよおいかぜのこうしん！」
魔法の始動に反応した風の精霊達がウィルの周りに集まってくる。
《おっ、やるんだね、ウィル》
優し気な風の精霊の少年が舞い降りて、ウィルの頭を撫でた。
ウィルはまた一つコクンと頷いて返し、その意志の篭った瞳を見た精霊の少年も笑顔で頷き返した。
《噂の接続かー！》
《よーし、お手伝いするよー！》
風の精霊の中でも支援魔法を得意とする者達が次々とウィルの詠唱に力を貸し始める。
アジャンタとの仮契約により生まれたウィルの風の魔力と、精霊達の魔力が淡い光となって巨大なゴーレムを包み込んでいく。
その光景を知らぬ者は呆然と眺め、知る者は愕然として口を開けた。
ウィルの編み出した魔法の接続。
その原点——高機動型ゴーレムである。
《あーっ!!　風の精霊ばっかりずっこーい!!》
《僕達もゴーレムをパワーアップさせるぞー！》
それを見ていた一部の土の精霊がゴーレムに魔力を送り、足回りを強化させ始めた。

十分に送られた土の魔力がゴーレムに岩の追加装甲を付与していく。

《ちょっと！　弾幕薄いわよ！　なにやってんの!?》

《足なんて飾りです。お子様にはそれが分からんのですよ》

手数が少なくなったことに対して文句を言う土の精霊の少女の横で、他の土の精霊が大仰に肩を竦めてみせた。

「退避だー！　ゴーレムから離れろー！」

高機動型ゴーレムを知る者達——トルキス家の者達やガイオス、第三騎士団の一部の者達が、慌てて周りにいた仲間達に指示を出す。

そうこうしている間にもウィル達の魔法は完成していた。

緑色の燐光を発し、岩の強化装甲を得た土色の巨大ゴーレム。

漲る魔力に爛々と紅い瞳を輝かせるその姿は先程よりも更に強そうであった。

「ウィル、魔力は大丈夫なの？」

ゴーレムの頭上にいても漲る魔力は感じ取れるほどであって、セレナの心配も当然だった。

ここに来るまでにも、ウィルはそれなりに魔力を消費している筈である。

だが、ウィルはそんな心配を吹き飛ばすように力強く答えた。

「だいじょーぶ！」

ウィルの視線はキマイラから離れない。

ターゲットロックオンだ。

ゴーレムの重心が前方に傾いた。

「お、お待ち下さいませ、ウィル様！　そのまま走り出したら一片様が……」

キマイラの前では風の一片が今も尚その動きを封じ込めている。

このまま直進すればキマイラに到達する前に風の一片がゴーレムに轢き飛ばされてしまう。

「だいじょーぶ！」

それでもウィルは自信満々に答え、杖を前方に指し示す。

「いくよー、ごーれむさん！」


ウオォォォォンッ!!


ウィルの命令を受けたゴーレムが雄叫びを上げて走り出した。

踏み込む足が舗装された通りの石畳を砕き、一気に加速する。

「ごーれむさん、じゃんぷ！」

「…………………は？」

ウィルの言葉にエリスは我が耳を疑った。

しかし、次の瞬間、ゴーレムの体が力を溜めるように沈み、更にその力を開放するように地面を強く踏み切った。

岩の巨体がレティスの空へと飛び上がる。

その姿を目の当たりにした人々はポカンと口を開けた。

ゴーレムとは、自然発生する魔獣であれ、魔力で生成される魔法ゴーレムであれ、一般的には超重量であり、動きも遅い。

それが高速で走り出して、あろうことか飛び跳ねてみせたのである。

「……知りませんでした」

遠ざかっていくゴーレムの背を見送りながら、新米冒険者の少年が呟いた。

「ゴーレムって、飛ぶんですね」

「「いやいやいや!!」」

周りにいたベテランの冒険者や騎士が慌てて手を横に振る。

「いいか、ルーキー！　落ち着いて聞け！　ゴーレムは普通飛ばない！」

「そうだぞ、少年！　ゴーレムは飛ばない！」

「え？　じゃあ、あれは……？」

飛んでいくウィルのゴーレムを指差す新米冒険者にベテラン達は視線を逸した。

誰も飛んでいくゴーレムの説明など、できる筈もなかった。

そんな衆目を置き去りに、ウィルのゴーレムは撃ち出された砲弾のように弧を描いて風の一片の頭上を飛び越えた。

「凄いわ、ウィル……」

「はやいはやーい！　景色が流れるみたい！」

驚くセレナと楽しげなニーナ。

一人常識外に立たされたエリスが悲鳴を上げた。

「と、ととと止まって下さい！　ウィル様！」

「もーむりー」

落下していくゴーレム。

その先にはゴーレムを見上げるキマイラがいた。

アジャンタとゴーレムに気付いた風の一片が魔法を止める。

自由を取り戻したキマイラがゴーレムの着地点から距離を取るように飛び退いた。

「あー！　にげちゃだめー！」

超重量のゴーレムが飛び込んでくるのだ。

無理な相談である。

《ウィル……ここで距離を取られると、また火を吹かれるかもしれない。捕まえましょう》

「わかったー！　ごーれむさん！」

シャークティの提案を受け入れたウィルがゴーレムに命令を下すと、ゴーレムは両足を開いて着地した。

砕けた石畳が宙を舞う。

ゴーレムは勢いのまま、体を前に倒した。

「た、倒れるっ!?」

迫る地面にエリスの声が裏返る。

だが、ゴーレムは倒れなかった。

地を滑り、石畳を巻き上げながら、足を開き、膝を曲げ、体を前に倒し、更に両拳をその中心に突く。

「いけー!」

前屈みになったゴーレムが一気に立ち上がった。

低い姿勢のまま、猛然とキマイラに肉薄する。

体ごとぶちかましたゴーレムが下から手を回し、キマイラの体を起こしてがっぷり四つに組み合った。

後ろに下がっていたキマイラはゴーレムの突進の威力を受け止められず、巨体を誇る二体は組み合ったままカルディ邸に突っ込んだ。

「…………おー」

瓦礫と粉塵を撒き散らして停止した二体にウィルが驚いたような声を出す。

ウィル自身、ゴーレムの突入速度を考えていなかったらしい。

「おうちこわしちゃった……」

「上です! ウィル様!」

エリスの声に全員が頭上を見上げる。

長い尾の蛇が頭上からウィル達を狙っていた。

《近付かないでよ！》

手を掲げたアジャンタが蛇に向かって魔弾を放つ。

風の防御壁をすり抜けて飛ぶ魔弾に、蛇が距離を取った。

「やらせん！」

隙を狙って再度襲い掛かろうとする蛇の頭を、横から飛び込んできた風の一片が思いきり蹴り飛ばした。

『蛇は儂が抑える。お前達は狼と山羊に集中するのだ』

『あい！』

伝達魔法で指示を伝える風の一片に、ウィルが元気よく応える。

『ウィル。その先は大きな庭になっておる。そこまで行けば街に被害が出にくい。構わんからやってしまえ』

『わかったー』

風の一片の許しを得て、ウィルはやる気を漲らせた。

ゴーレムと屋敷に挟まれて足掻くキマイラに視線を向け、杖を掲げる。

「ごーれむさん、おしてー！」

ゴーレムがウィルの命令に応えて唸り、四肢に力を込める。

押し込まれたキマイラの背が屋敷を更に破壊していく。

抗うように首を振るキマイラを無視してゴーレムの足が一歩二歩と前へ出た。

「ウィル！　頑張って！」

「もう少しよ！　ウィル！」

「んうー！」

ニーナとセレナの声援を受けて、ウィルが唸る。

背後に立ったシャークティがゴーレムの出力を高めようとするウィルの魔力を正しく導いていく。

《こうよ、ウィル……》

「んしょー！」

掛け声と共に、ゴーレムがキマイラもろともカルディ邸を突き抜けた。

そのまま庭の中程までキマイラを押していく。

踏ん張ったキマイラの後ろ脚が地面を削り、真っ直ぐな二本の線を引いた。

力比べでは敵わないと悟ったのか、キマイラが首を振り乱してゴーレムの拘束を逃れる。

「わっ、わっ!?」

ウィルが驚いている間にキマイラは大きく後方に飛び退いて、ゴーレムとの間に距離を取った。

「あー、逃げちゃった……」

「相手も必死なのだ。逃げもする」

ゴーレムの隣に降り立った風の一片が視線をキマイラに向けたまま、ウィルに話しかける。

「ウィル、作戦は変わらん。できるだけ奴の火属性魔法やブレスを牽制しながら時間を稼ぐ。弱るの

を待つのだ。無理はいかんぞ」

「わかったー！」

フンス、とっ鼻息を荒くするウィルを横目に風の一片が前に出る。

キマイラの口腔に、またチラチラと火が灯り始めた。

そんな中、風の一片は全く違う事を考えていた。

（まさかこんなに早く肩を並べて戦う日が来ようとは……）

産まれてたった三年。

まだまだ未熟も良いところだ。

自分の言葉を思い返して風狼は内心笑みが止まらなかった。

己で律しなければ、顔がニヤけ、尻尾を感情のまま振りそうである。

主が仕える国の大事に直面しているというのに。

楽しくて仕方がない。

「さて、参ろうか」

「あい！」

風狼とゴーレムは身構えるキマイラにゆっくりと近付いていった。

第三章

テンランカーの実力

episode.3

will sama ha
kyou mo mahou de
asondeimasu.

「はっはぁ！　何だありゃ!?　ありえねぇ!!」

風属性の魔力を纏った大男が豪快に笑いながらシローとの間合いを詰めた。

重厚な鉄の手甲が風の魔法の後押しを受け、高速で次々と繰り出される。

その連撃を流れに逆らわず躱しながら、シローは一先ず安堵していた。

ウィルは大丈夫だ、と。

そう判断させたのが超重量を誇るゴーレムの大跳躍というのもアレだが。

「ありゃあ、無理だ！　カルディんとこのバカ息子じゃどうしようもなんねぇ！　小便ちびらされるのも無理ねぇなっ！」

「よく回る口だな……」

男の口ぶりから、ウィル達に撃退されたグラムもどうやら生きているようだ。

大男の浴びせかけるような拳を最小の動きで捌きながら、シローはポツリと呟いた。

「はっ！　嬉しいのよ！　相手が強ければ強い程なぁ！」

大男の口調からは負け惜しむような気配は感じ取れない。

目は怪しげな光を帯びているが、どうやら本当に戦いを楽しんでいるようだ。

バトルマニアというやつだろう。

「あんたこそ、どうなんだよ！　さっきから避けてばっかじゃねーか！　よっ！」

「……じゃ、遠慮なく」

連撃の合間、力を込めて打ち降ろされた男の右拳を前に出て掻い潜ったシローが下段から魔刀の柄でかち上げた。

「ぬっ……!?」

腕ごと弾かれ、上体を起こされた大男の脇が開く。

その一瞬の隙をついて、シローは突き刺すような蹴りを大男の脇腹に捩じ込んだ。

「ぐふっ……!!」

障壁も突き抜ける強烈な一撃に大男の体が後方に飛ぶ。

しかし、大男は姿勢を崩さず、両足を踏ん張ったまま踏み留まった。

「…………」

蹴った足を地につけたシローが油断なく魔刀を構え直す。

「……驚きを顔に出さないのは流石だが、張り合いがねぇな」

大男はシローに蹴られた脇腹を手で払うと笑みを浮かべ、軽やかにステップを刻み始めた。

その足取りにはダメージを負った様子はない。

(……骨の二、三本は折る気で蹴ったつもりだが)

完璧に捉えたはずの一撃は何かに阻まれた。

恐らくは土属性の身体強化魔法だ。

だがしかし、先程の攻防で大男は間違いなく風属性の身体強化魔法を纏っていた。

それは間違いない。

人は自分の得意としている魔力には敏感なものだ。

シロー程の腕前を持つ者であれば尚更。

それなのに大男の体を覆っていたのは風属性ではなく土属性の身体強化魔法。

大男を注視したシローはおかしな魔力の流れを感じて小さく息を吐いた。

「その背中に背負っているものか？」

「その通りよ！」

嬉しそうな笑みを崩しもせず、大男が身に纏っていたローブを脱ぎ捨てた。

タンクトップを押し上げる鍛え抜かれた筋肉とその背後から伸びる白く節くれだった魔道具。

大男はわざわざポーズを取りながらその背面に取り付けられた魔道具を晒してみせた。

「どうよ！」

中央が瘤のようになっており、そこから伸びた無数の枝が大男の体に刺さっている。

瘤の中心から枝を伝って、絶え間なく緑の光の筋が大男の体に流れ込んでいた。

「どうと聞かれてもね……」

「俺は風属性の身体強化魔法なんざ使えやしねぇ！　だが、コイツがあれば風の魔力を自由に引き出し、纏う事ができる！　元の土属性と合わされば、その相乗効果は計り知れねぇ！」

シローの反応を意に介さず、誇らしげに自慢する大男。

要するにウィルのゴーレムと似たような事を行っているのだ。

魔道具を用いて。

ウィルのように魔法に魔法を接続しているわけではないので、ウィルの魔法の劣化版だ。

わざわざ自分から種明かししてくる大男にシローは深々と嘆息した。

「呆れ返らせて隙をつく作戦か？」

「違うわっ!!」

シローの指摘に大男が真面目に答える。

「俺は真剣だ！」

「なお、悪いわ……」

シローは魔刀を右肩に担ぐように構え直した。

これ以上付き合って時間を浪費するわけにはいかない。

早くウィル達と合流してキマイラを葬らねばならないのだ。

「子供達も行ったし、とっとと片付けさせて貰う事にするよ」

「やれるもんならやってみな！」

大男が素早い動きでシローに詰めかける。

先程と似たような形だが、シローは大男から繰り出された一撃目の拳に合わせて担いだ魔刀を振り抜いた。

魔刀を覆う魔力が緑光の軌跡を残す。

「ぐぅ……っ!?」

大男が衝撃で後方へ吹き飛ばされた。

なんとか踏み留まるが、今度は耐え切れずに膝を突く。

斬られた痕は裂けておらず、代わりにへこむような痕が残っていた。

「へぇ……今ので戦闘不能にならないんだな」

「峰打ちだと……！　馬鹿にしやがって……！」

刃を返した魔刀を向けてみせるシローに大男が歯噛みする。

そもそもシローは斬撃だけで飛竜を斬り落とすほどの力の持ち主だ。

普通に斬れれば、人など容易く両断できる。

「それだけ土属性の身体強化魔法を使えるんだ……普通に冒険者をしててもいい線いっただろうに」

「はっ！　テメェだって土属性の不遇は知ってんだろうが！　どれだけ鍛えても、仲間を作ってもダンジョンに潜るとなりゃ真っ先に切られる」

シローの言葉を大男が鼻で笑う。

大男の言うとおり、確かに現在ダンジョン攻略において土属性は不遇とされている。

他の魔法に比べて強みが制限されてしまう事が大きな要因だ。

しかし、それは深い階層に潜れない力のないパーティが多いせいだとシローは思っていた。

土属性の身体強化魔法の恩恵は物理防御力の上昇と膂力増加。

それは人の身の基本性能を底上げする事に他ならない。

大した武器がなくても魔獣と渡り合えるだけの攻防力を獲得できるのだ。

「馬鹿馬鹿しくてやってられなくなっただけの事よ！」

大男の言葉を聞いて、シローは納得した。

「そいつは……仲間に恵まれなかったな」

「ふん……」

同情とも取れるシローの言葉に大男は鼻を鳴らした。

突いた膝に力を込めて大男が無理やり立ち上がる。

「だが、今は違うぜ……不当な扱いを受けた奴らや馴染めなかった奴ら、色々いるが、俺は満足してる！」

「それが罪のない人々を苦しめる連中でもか？」

「関係ねぇな！　俺は気の合う奴に手を貸すだけだ！」

大男が再び風と土の魔力を練り上げる。

それを見たシローは嘆息して逆刃のまま構えた。

「そうか……」

これ以上、語ることもない。

ただ、親切心からシローはひとつだけ言い添えた。

「魔法の極意は如何に淀み無く魔力を行き渡らせるか、だ。そんな紛い物で上塗りした魔力じゃ大した相乗効果なんて生まれやしない」

「ほざけ！」

力を振り絞って大男が地面を蹴る。

「……っ!?」

次の瞬間、風属性の魔力を纏ったシローが瞬時に大男との間合いを詰めた。
「このっ……！」
慌てて迎撃に出る大男の拳を掻い潜って、シローが大男に肉薄する。
舞う風の如く身を翻し、シローは大男の背後を取った。
そのまま振り向く間を与えず、大男の首筋に魔刀の峰を叩き込む。
「がっ……⁉」
意識を刈り取られた大男が前のめりに崩れ落ちる。
「やれやれ……」
大男が動かないのを確認したシローはひとつ息を吐いた。
（こいつを誰かに引き渡して、ウィルの後を追わないと……）
一片が付いているとはいえ、心配には違いない。
屋根の下では魔獣討伐も大詰めを迎えている。
ローブの男達も殆ど捕らえられているようだ。
鎮圧までそう時間は掛かるまい。
（後はレンの方だけど……）
足元で転がる大男程度の相手なら心配することも無いだろうが。
シローの頭には別の心配が浮かんでいたりする。
（相手が一本筋の通った敵であることを祈るよ……）

あえてレンの方は見ないようにしながら、シローは大男を担いでその場を後にした。

◆

「ケヒヒヒヒッ！　斬るぜ！　斬り刻むぜぇ!!」

小男が舌なめずりをしながらレンへと迫る。

見た目通りの身軽そうな体を風属性の身体強化魔法で更に加速させ、独特の動きから手に備えた鉤爪を振り回す。

「…………」

その縦横無尽な斬撃を捌きつつ、レンは違和感を感じていた。

(浅い……)

斬り刻む、と奇声を発する割に小男は踏み込みも斬撃も浅かった。

これでは刃が届いたとしても大した傷を負わせることはできない。

(警戒している……？)

レンの事を知っている者ならば珍しい反応ではない。

だが、小男はその割に動きに迷いがないように見えた。

傍から見れば猛攻を仕掛ける小男とそれを捌くレンという図式。

だが、そこにさしたる意味は生まれない。

（誘ってみましょうか……）

相手の意図が分からない状態で仕掛けるのは危険である。

そう判断したレンが一歩踏み込んだ。

「ふっ！」

手甲を備えた左拳を長めに伸ばす。

自然と隙ができるような拳打で相手を誘う。

反応した小男が深めに踏み込んできた。

レンの拳と小男の鉤爪が交差する。

「……っ⁉」

展開した障壁を抜けてくる感覚にレンは拳を止めて、肩を引いた。

伸びた鉤爪から風属性の魔力が放たれ、肩を掠める。

ビリッ、と布を裂く音が響き、メイド服の肩口が裂けた。

レンの綺麗な肩が顕になる。

気にした風もなく、レンが薙ぎ払うような右回し蹴りを小男に放った。

「ケヒッ！」

後ろに飛び下がりながら小男が鉤爪を伸ばす。

翻ったスカートに鉤爪が掛かり、肩口よりも大きな音を立ててスカートが裂けた。

そのまま、お互い距離を取った状態で静止する。

「…………」

「…………」

顕になった肩と右足の感触を確認して、レンは溜め息をついた。

ダメージはない。

一方、小男は顔を愉悦に歪ませて、じっとりとした視線でレンを見ていた。

「あなたは一体何がしたいんですか？」

肩にも足にも、相手を斬りつける意思を感じられなかった。

その事がレンを更に混乱させた。

「ケヒッ！　ケヒヒ！　一枚一枚、服を剥ぎ取っていくのよぉ」

舌なめずりをしながら、小男が両手の鉤爪を擦り合せて金属音を響かせる。

「邪魔な物はぜーんぶ剥ぎ取って、その体に赤い爪痕を刻み込んでいくのさ！　女子供はいいぞぉ……肉も柔らかくて裂きがいがある。最後の惨めさは何度見ても堪らねぇ……ケヒッ、ケヒヒヒ！」

下卑た笑みを隠そうともしない小男にレンは理解した。

こいつは変態だ、と。

「その中に、もうすぐ【血塗れの悪夢】も加わるんだ……涎が止まんねぇよ……」

「気色悪い……」

レンが突き刺すような冷たい視線で小男を見下ろす。

興奮したようにはぁはぁと荒い息を吐いていた小男はレンの視線に奥歯を噛み締めた。

「そうだ、その眼だ！　どいつもこいつも！　人を気色悪いだの何だのと！　だから期待に応えてやっただけだろうが！」

一際大きく鉤爪を鳴らして、小男が構える。

「ケヒヒヒヒ！　爪には毒が塗ってある……なーに、威力の弱い麻痺毒さ。刻まれる度、じわじわと自由が利かなくなっていく……強い毒だとじっくり嬲れねぇからな……徐々に自由を奪われて絶望するがいい」

鉤爪を誇示してみせる小男に、レンは深々と嘆息した。

小男はレンの服を裂けた事で気が大きくなっている。

恐らく、レンを相手取っても引けを取らないと思ったのだろう。

でなければペラペラと麻痺毒の事まで話さない。

「ご心配には及びません。貴方の爪が私に届く事は、もうありませんので」

「ケヒヒ、いいぞぉ……もっと強がってみせろぉ……強がれば強がる程、最期を迎えた時の興奮は増していくぅ……」

レンの言葉にも小男は愉悦を崩さず、歪んだ笑みを浮かべて鉤爪を揺らす。

その様子を見ながら、レンは心底呆れていた。

勘違いにも程がある、と。

レンは小男に服を裂かれたのではない。

一瞬の攻防の中で、服だけ裂かせたのだ。

相手の意図が分からなかったが為に。

それも分かってしまえば取るに足らない話であった。

レンにはもう、相手の攻撃をわざと喰らってやる理由はない。

そのレンの動きを小男は理解できなかった。

レンから言わせれば、小男の実力はその程度なのだ。

レンは構えも取らず、小男に向かって歩き出した。

「これから、私の攻撃は全て、貴方のその気に入らない鼻っ柱に叩き込みます」

「なにぃ？」

「その無様に伸び切った鼻をへし折ってやろうというのです」

「鼻鼻言うんじゃねぇ!!」

特徴的な鼻の形を気にしているのか、小男が声を荒らげる。

それでもレンは無防備のまま、悠然と歩いて小男と距離を詰めた。

「あら、そうですか？　私の師匠も特徴的な鼻の形をしておりましたが、とてもチャーミングな方でしたよ？　貴方とは大違いですね」

「くっ……このぉ……クソアマ……」

小男が青筋を立てて、体と鉤爪に強い風属性の魔力を纏う。

「素っ裸にひん剥いて！　斬り刻んで！　晒し者にしてやるぁ!!」

地を蹴った小男は撃ち出された弾丸のように疾走した。

風属性の身体強化魔法を遺憾なく発揮してレンへと迫る。

小男の両手に備わった鉤爪が繰り出される、その瞬間、レンは前方へ踏み込んだ。

「くっ……！」

急な接近により、間合いを外された小男が慌てて鉤爪を振るう。

その軌道を見切って、レンは素早く身を引いた。

「ちっ……！」

攻撃を誘われたと悟った小男が離脱を図る。

その僅かな間を逃さず、レンの拳が小男の鼻を捉えた。

「グボッ!?」

二発三発と出の速い連打が小男の鼻を打ち抜く。

小男が距離を取ろうと慌てて後ろへ飛び退くが、レンはそれを許さなかった。

小男が飛び下がる前に相手の右腕を外側から左手で掴み、引き戻す。

「………っ!?」

飛ぶ勢いを下半身にだけ残された小男の姿勢が前方へ崩れた。


ガスッ！　ガスッ！　ガスッ！

レンは前のめりの小男へ防ぐ間を与えず、拳を三つ。

血飛沫が舞う。

「このっ……！」

小男が鉤爪を伸ばし、レンを牽制して逃れようとするが、レンは掴んだ腕を小男の背中の方へ捻り上げた。

鉤爪の届かない位置へ回り込み、後ろから膝の裏を踏みつける。

「グッ……」

膝を折った小男の鼻を目掛けて、肘を曲げたレンの拳が振り子のように襲い掛かる。

「グッ！　ブッ！　ガハッ!?　くそっ！　鼻ばかりやめねぇかっ!!」

自由の利く方の鉤爪で辛うじて拳打を防ごうとする小男を嘲笑うかのように、レンの拳が次々と小男の鼻を叩き潰す。

「ガハッ！」

なんとかレンの拘束を解いた小男がみっともなく転がるように距離を取った。

「カハッ……！　ハァハァ……」

血塗れの鼻を押さえて小男が立ち上がる。

鼻で呼吸ができないのか、荒く息を吐いた。

「くそっ……！　奇妙な魔法を使いやがって！」

「魔法……？」

レンが首を傾げる。

構えもせず、悠然と歩きながら、レンは淡々と続けた。

「私はまだ貴方に対して無属性の身体強化以外、使っていませんが？」

「な、なにぃ……」

「私が使ったのは、ただの体術です。大したことはしていません」

呆気にとられる小男を気にした風もなく、レンが距離を詰めていく。

「元々の身軽さと風属性の身体強化魔法の速度で相手を圧倒してきたのでしょうね。ですが、私に言わせれば魔力に頼り過ぎなのですよ」

「うっ……」

ただ歩いて間合いを詰めていくレン。

一見して隙だらけに見えるその姿に気圧されて、小男が後退った。

「時間をかけてもいられません。ウィル様達のお迎えがありますので」

そう言うと、レンの両手が漆黒の炎に覆われた。

揺らめく異質な炎に小男が息を呑む。

「さようなら」

「ヒッ……！」

どこまでも冷たい別れの言葉に小男の声が引きつる。

小男は恐怖を振り払うように全開で風属性の身体強化魔法を纏い、レンに向かって疾走した。

「ケヒーッ!!」

地を蹴って跳躍し、弾丸のようにレンへと襲い掛かる。

「また、一直線に……」

レンの呟きは小男に届かない。

小男は勢いのまま、鉤爪を振り上げ、レンに迫り――次の瞬間、顔面にレンの拳がめり込んだ。

絶妙に加減された一撃は小男に吹き飛ぶ事を許さず、勢いを相殺された小男を宙に留めた。

レンの拳の漆黒の炎が勢いを増す。

その炎を目に焼き付けて、小男の顔が恐怖に引きつった。

「はぁあっ!」

「ぐべらっ!?」

一瞬にして八発、黒炎を纏ったレンの拳が小男の顔面を打って焼く。

「ガッ!! アヅッ!? ヒィイイイ!!」

小男が顔を血に染めてのたうち回る。

火傷のせいで、すぐに気を失う事もできない。

ここに至ってようやく小男は理解した。

目の前の相手の実力がどれほど並外れているかを。

スピードに絶対の自信を持っていた小男でもレンの拳速は目視で捉えられなかった。

火力に特化した火属性の魔力で、速度に特化した風属性の魔力を速さにおいて上回ってしまったの

だ。

（オ、オレは魔道具で風属性の魔力を更に増幅して……それなのに……）

化け物――それが小男の抱いた感想だった。

相手が悪すぎる。

少しでも勝てると思った自分が愚かしい。

小男は恐怖と後悔の念に駆られて這いずりながら逃げようと藻掻いた。

「ん……？　久し振り過ぎて加減を間違えてしまいましたか」

レンは事も何気にそう呟くと、小男の髪を掴んで無理やり引き起こした。

黒炎に包まれた拳を怯える小男の眼前へと持っていく。

「次はありません。貴方がまた不当に人を傷付けるのであれば、この黒炎が地獄の果てまで貴方を追いかけ、焼き尽くします。いいですね？」

「ひっ、ひっ、ひぁぁ……」

淡々と告げるレンに、恐怖の限界を超えた小男が泡を吹いて気を失った。

その様子を確認して、レンは「ふむ……」と一つ頷いた。

「これでよし……」

レンの黒炎は闇属性が突出しているが故に発現した固有スキルでダメージが残留し、傷も治りにくい。

小男の傷は癒えても、しばらくは疼く感覚に悩まされる事だろう。

それを克服したとしても、心に刻まれた深い傷痕までは簡単に癒せるものではない。

これで血塗れになる夢を見るのかどうか、レンには分からなかったが。

「さて、と……」

レンが動かなくなった小男の髪から手を離す。

崩れ落ちた小男が地面に顔から突っ込んで鈍い音を立てた。

だが、今のレンにそんな事を気にしている余裕はない。

「早くウィル様達をお迎えにあがらないと」

いくらエリスや精霊達が守っているとはいえ、心配には違いない。

建物の主には申し訳ないが、レンは血塗れの小男を放置する事に決めた。

「待ってて下さいね、ウィル様！」

絶対大人しくしていないであろうウィルの笑顔を思い浮かべながら、レンは屋根伝いに移動を開始した。

◆

カルディ邸は西の端全域を敷地とし、外周区内では一番の広さを誇る。

その三分の二以上が広い庭となっていてウィル達とキマイラが事を構えるには十分な広さがあった。

「焦らず、遠くからだぞ」

「はいっ！」

風の一片とアジャンタの弾幕が離れたキマイラを狙い撃つ。

キマイラはそれを魔力特化の防御壁で防ぎながらウィル達に接近してきた。

《近付けさせてはいけないわ、ウィル……》

「あいっ！」

フンスッ、と鼻息を荒くしてウィルが杖を、シャークティが手を前に翳す。

両腕をキマイラに差し向けたゴーレムの手から土属性の魔弾が大量に撃ち出された。

土属性の魔弾は防御壁を突き抜けてキマイラを傷付けていく。

「あっ、防御壁を貫いた！」

「どうして？」

驚きの声を上げるセレナとニーナにエリスが答える。

「このキマイラの防御壁は魔力特化のようですね。土属性の魔弾は物理属性ですので、キマイラの防御壁では防げないのでしょう」

「「ふーん……」」

幼い姉妹が曖昧に頷いた。

【石塊の魔弾】の速射はキマイラの防御壁を容易く突破して、キマイラを傷付け続ける。

それを嫌ったキマイラがサイドステップで射線から飛び退いた。

ギャアアァァアッ！


「むっ……狙いをゴーレムに絞られたか」

凶悪な叫び声を響かせて、キマイラが二つの頭をゴーレムに向ける。

その前に風の一片が立ち塞がった。

《このまま牽制し続けるのも辛いわ》

アジャンタが大きく息を吐く。

かなり魔力を消費しているのか、息が上がっている。

「儂が前に出る。土の精霊よ、援護を頼むぞ」

《分かりました……》

言い置いて、風の一片がキマイラに突進した。

防御壁を解いたキマイラが魔素を吸収し、狼の口蓋に炎をちらつかせながら風の一片を迎撃する。

キマイラの前脚を巧みなステップで回避しつつ、風の一片がキマイラを爪で攻め立てた。

風の一片が間合いを取る瞬間に合わせて、ゴーレムの手から【石塊の魔弾】が放たれる。

「あまり良くない……」

《キマイラの魔素が……》

シャークティの呟きにエリスも眉を顰めた。

物理属性の魔弾ではブレスの牽制ができないのだ。

それに気付いた風の一片が風属性の魔弾をキマイラに放つ。

しかし、キマイラはそれをあえて身に受けた。

「えっ⁉」

「どうして⁉」

セレナとニーナが驚きの声を上げる。

その理由はすぐに分かった。

「まそがおっきくなってく……」

キマイラをじっ、と見ていたウィルがポツリと呟く。


ギャアアアアアアッ！

一際、大きな咆哮を上げたキマイラの体を炎が包み込んだ。
乱れた魔力が痛々しいのか、ウィルが眉を顰めた。
「あれは、チャージッ⁉」
キマイラの状態を見て取ったエリスが杖を構える。
逆立つ毛並みのような炎を揺らめかせ、キマイラがゆっくりとゴーレムを睨みつけた。
《あんなのにしがみつかれたら丸焦げになっちゃう！》
アジャンタの声に全員が焦燥感を募らせる。

「このっ！」
風の一片が果敢に飛び込むが、炎を帯びた蛇がそれを迎え撃った。
その間にもキマイラ本体は一歩二歩とゴーレムに歩み寄る。
《やるしかない……》
シャークティが身構える横でキマイラに視線を向けたエリスが頷いた。
見ればアジャンタも身構え、セレナもニーナも杖を構えていた。
「うぃるも！」
そう言って、ウィルも杖を構え直す。
「来たれ精霊！　矢を持ちて敵を撃て！」
セレナとニーナから放たれた【魔法の矢】がキマイラの額を直撃した。
子供の魔力では大したダメージにはならないが、それでも懸命に魔法を撃ち続ける。
《喰らえっ！》
更にアジャンタが空に魔力を放ち、【気流の弾雨】をキマイラに降らせた。
風圧の衝撃がキマイラを揺らす。
それでもキマイラは魔法の着弾を無視した。
身を屈めて力を溜めると、一声鳴いて一気にゴーレムへと走り出した。
「来たれ水の精霊！　水面の境界、
我らに迫りし災禍を押し流せ水陰の城壁！」

エリスが杖を掲げ、キマイラとゴーレムの間に水の防御壁を展開する。

突進するキマイラが水の防御壁を突き抜けた。

水蒸気を巻き上げながらキマイラがゴーレムに覆い被さる。

「火が消えない⁉」

火力は衰えたものの、キマイラはその身に炎を宿したままゴーレムへ前脚を振り降ろした。

《危ないっ！》

アジャンタが無理やり魔法を放とうとする。

それをウィルの声が押し止めた。

「ごーれむさん！」


ウオォォォォンッ！


ゴーレムが咆哮を上げ、迫り来るキマイラの前脚の付け根を両手で掴んだ。

炎の熱が風の防御壁を抜けて内側まで届く。

「もー！　あっちいけー！」

ウィルの声に反応したゴーレムの目が紅い輝きを増す。

次の瞬間、ゴーレムの両腕がキマイラを掴んだまま、轟音を上げて発射された。

「「「ええっ⁉」」」

周りの驚きを他所にゴーレムの腕がキマイラを掴んだまま、空を飛ぶ。
放物線を描いてキマイラとゴーレムの腕が庭の中程で墜落した。
《いま……！》
シャークティが魔力を注いでゴーレム本体とキマイラを抑える腕の間に、いくつも土の塊を作り出す。
等間隔に配置された土塊が魔力を結び付け、遠く離れた腕に意思を伝えて暴れるキマイラを拘束した。
《アジャンタ、等間隔に浮かぶ土に魔力を流して加速の補助魔法を重ねて展開して……》
《うっ……》
シャークティの指示にアジャンタが頬を引きつらせた。
《支援魔法は苦手だって言ってるのにぃ……》
愚痴りつつ、アジャンタがなんとか魔法を展開しようとする。
それを見たウィルは横から力一杯応援した。
「あじゃんた、がんばれ！　がんばったらうぃるがいっぱいちゅーしてあげるっ！」
《あばっ!?　あばばばばっ!?　や、やる！　やるわ！　やるわよ、もう!!》
顔を真っ赤に染めたアジャンタが声を乱して、慌てて魔力を集中させる。
ゴーレムとキマイラを繋ぐ左右対称の土塊を基点に魔法陣が幾重にも形成され、一つの道を作り出した。

《ウィル、今よ！》

「うん」

アジャンタに促されて、ウィルは杖をキマイラに向けた。

ウィルの魔力と意思を感じ取ったゴーレムが胸の中心で巨大な【石塊の魔弾】を作り出す。

キマイラは拘束を逃れる為、懸命に立ち上がろうとしていた。だが、もう遅い。

「もう、いいよ……」

ウィルが苦しげに呻くキマイラを見て、ポツリと呟く。

「ごめんね……」

ウィルの魔力が溢れ出し、ゴーレムに意思を伝え、高速で回転し始めた【石塊の魔弾】を撃ち出した。

魔弾が魔法陣を通過する度に燐光が弾け、加速していく。

最後の魔法陣を通過する頃、魔弾は一条の閃光と化し、キマイラの胴体の中心を貫いた。

かすれた鳴き声を上げ、キマイラがゆっくりと崩れ落ちる。

エリスや姉達がその凄まじい魔法の現象に言葉を失う中、ウィルはまたポツリと呟いた。

「まじゅー、いたいの、もうなくなった……」

ウィルの言葉に戦いが終わった事を理解したエリスが肩の力を抜く。

と、突如ゴーレムが傾き、庭に膝を突いた。

「ウィル様!?」

エリスが慌ててウィルを覗き込む。

以前のように魔力を切らしたのかと思ったが、ウィルは疲労しているもののしっかりと立っていた。

そのウィルが首を横に振って、隣にいる土の精霊を見上げた。

「しゃーくてぃ……？」

《ごめんね、ウィル……ちょっと魔力を使い過ぎたみたい……》

シャークティがゆっくりと深呼吸しながら、ウィルの前に膝を突いて顔を覗き込む。

《最後の一撃がかなり厳しかったから、ね……》

《私もー……》

アジャンタもその場に座り込んで大きく息を吐いた。

「だいじょーぶー？」

ウィルの質問にシャークティもアジャンタも笑みを浮かべる。

《大丈夫よ……だけど……》

《ウィルの中で、少し休ませて……》

答えた精霊達の輪郭が光でぼやけた。

そのまま、光に変じてウィルの中に吸い込まれる。

「おー……？」

「どうやら精霊達は力を使い果たしてしまったようだな……」

ウィルが光の吸い込まれた場所を撫で擦っていると、横から風の一片が声を掛けてきた。

「ひとひらさん」

「精霊達は力を使い果たしてしまうと精霊石に変わってしまう。しかし、契約しておると幻獣のように契約者の身の内へ同化する事ができるのだ」

「へー……」

ウィルが自分の体へ視線を落とす。

代わりにエリスが風の一片に問い掛けた。

「それでは精霊と契約するという事は身の内に精霊石を宿すという事ですか？　それって……」

「察しの良い側仕えであるな……その通り。精霊だろうが幻獣だろうが、契約すれば身の内に契約した属性の魔力を得る事になる。ウィルが儂と仮契約した時、精霊魔法を単独で使えたのも、そのせいだ」

ポカンと口を開けてしまうエリスに風の一片が小さく笑みを浮かべる。

「幻獣ならばいざ知らず、精霊との契約者は稀であるからな。その話もいずれ詳しくしてやろう。それよりも……」

風の一片は視線をウィルへ向けた。

「ウィルよ、よくやったな」

「うん……」

見上げてくるウィルに風の一片が一つ頷く。

「ゴーレムを操作して皆を降ろせるか？」

「うん……」

応えて、ウィルがゴーレムから全員を降ろす。

魔力を失ったゴーレムがゆっくりとその形を崩していく。

安全にゴーレムを崩し終えたウィルが視線をキマイラの方へ向けた。

「気になるか？」

「わかんない……」

「そうか……」

ジッ、とキマイラを見たまま動かないウィルに風の一片はまた笑みを浮かべた。

「皆、儂の背に乗れ。キマイラのもとへ参ろう」

「うん……」

頷くウィルを先頭に、風の一片の魔力に導かれた面々がフワリと浮き上がり、その背にゆっくりと跨った。

◆

金の刺繍の入ったローブの男は空に浮かび、ウィル達の戦いの一部始終を静かに見下ろしていた。

「まだまだ改良の余地はありそうだな……」

その手にはカルディが召喚に用いた筒がある。

未だ実験段階にある特殊な筒だ。

他の筒とは違い、強力な魔獣を生み出すと説明されていた。

しかし、召喚する度にカルディのようになっては作戦行動などできない。

しかも、召喚された魔獣が不完全で弱っているのでは目も当てられない。

（ホントに実験段階もいいとこだ……）

これは開発部の連中に文句の一つでも言ってやらねば。

そういう意味ではカルディを実験台に使えたのは男にとって好都合だった。

（それにしても……ウィル、と言ったか）

男が視線を手の筒から庭へと落とす。

その視線の先には狼の背に跨って進む小さな男の子がいる。

今回の戦局を決定づけた男の子だ。

（未だに信じられんが……）

胸中で呟いてみるが、その目で見てしまったのだから仕方がない。

問題はその存在が自分達の組織にとって脅威になるかもしれないということだ。

今はどうということはない。

今後、ウィルがどのように成長していくのかは分からないが、無視してもいいという考えに男は思い至らなかった。

（殺せればよし。殺せなくとも、我々の役には立ってもらおうか……）

男は考えを纏めると懐から静かに杖を取り出す。

「来たれ火の精霊よ、――」

風狼の背に狙いを定め、男がゆっくりと魔力を込め始めた。

◆

風の一片から降りたウィル達はキマイラの傍に歩み寄った。

「近付いて危険はないでしょうか？」

「この距離であれば問題なかろう」

心配するエリスに風の一片が答える。

ウィル達は足を止め、並んでキマイラを眺めた。

巨体に似合わぬ小さな呼吸を浅く繰り返している。

ぐったりと横たわったキマイラを間近で見て、ウィルの手に力が篭もる。

手を引いていたニーナがそれに気付いてウィルに向き直った。

「ウィル、大丈夫？」

「うん……」

ニーナの問い掛けに、ウィルはキマイラを眺めたまま頷いた。

セレナもエリスもその様子を心配そうに見守っている。

ウィルは少し躊躇ってからキマイラに話しかけた。

「まじゅーさん、もういたくないー？」

当然、返事はない。

ウィルは少し肩を落とした。

ウィルが何を思っているのか、誰にも分からない。

ウィルも正しくは理解していないだろう。

ひょっとしたら害獣とはいえ、苦しみから解放する為に手をかけてしまった事を悔いているのかもしれない。

害ある魔獣を討伐するのは当然だ。

大人ならそうして割り切れる。

しかし、子供に言ってもそれはきっと難しい事だ。

セレナが気を使ってウィルの頭を優しく撫でた。

「ウィル……」

「ウィル様ー！」

「セレナー！　ニーナー！」

遠くから呼び掛けてくる声にウィル達が顔を上げて向き直る。

「お父様とレンさんだわ！」

駆け寄ってくるシローとレンの姿を見て、ニーナの表情が華やいだ。

頼れる二人の登場に、全員が安堵する。

しかし、その安堵をシローの鋭い声が掻き消した。

「一片！　上だっ!!」

「なんだと!?」

全員が空を見上げる。

何もない空間からにじみ出すように白いローブの男が姿を現す。

空に浮かんだまま、男はウィル達の方に向けて杖を構えていた。

杖の先に炎が灯り、その火勢が一気に増す。

威力に魔力を割り振られた火球が見る間に膨れ上がった。

「遅い！　死ぬがいい！」

高威力の火球が杖の先から撃ち出される。

「くっ……!!」

レンが走る速度を上げるが間に合わない。

「一片っ！　意地でも止めろ!!」

「任せろ！」

シローの言葉に風の一片が四肢を踏ん張って身構えた。

もしもの時は体に当ててでも止めると急ぎ防御壁を練り上げる。

その後ろでエリスも子供達の前へ出た。

無詠唱で水属性の防御壁を練り上げ、子供達の盾になるよう位置取る。

「間に合えっ！」

魔力を開放したシローがレンを追い越し、エリスの前へ出ようとした、その時――


メエエエエエッ！


「「「ッ⁉」」」

死の間際であった筈のキマイラが首を起こし、山羊が絞り出すような咆哮を上げた。

魔力特化の防御壁がローブの男とウィル達の間を隔てる。

防御壁に衝突した火球が大爆発を起こし、空気を震わせた。

「なっ……⁉」

「まじゅーさんっ！」

ローブの男が驚愕に一瞬動きを止め、目を見開いたウィルがキマイラを見上げる。

キマイラはなけなしの力を狼に注いでローブの男に火球を撃ち返した。

弱体化した火の玉が空気を焦がしてローブの男に迫る。

力を出し尽くしたキマイラはそのまま震えるように再び地に伏した。

「クッ……！」

迫る力のない火球を目にして、ローブの男が奥歯を噛み締めた。

火球自体は大した脅威ではない。

だが、男は魔獣召喚の秘密を知るが故に、キマイラの行動に驚きを隠せなかった。

(捕えた筒を持つ者を主として護るのではなかったのか!?　開発部のポンコツ共め!!)

最早、文句の一つでは物足りない。

胸中で舌打ちしながら男が防御壁を展開する。

火球が男の防御壁に当たって爆散した。

大した衝撃もなく、煙が男の視界を遮る。

一方、キマイラの動きはウィル達にも予想外であった。

そういう混乱した状況を味方につけられるかは経験値が物を言う。

男が火球を回避せず、防御壁を用いて防いだ事で死角が生まれた。

シローがレンに目配せをし、それだけで理解したレンがシローに代わってウィル達の前に出る。

「天駆ける!」

「行ってこい!」

シローの意思表示に風の一片が送り出した。

走り出したシローが魔力を纏い、空中を階段のように駆け上がる。

「お父様が……」

「お空を走ってる……」

空へ駆け登って行くシローの後ろ姿をセレナとニーナがポカンと見上げた。

シローがローブの男を目掛けて一直線に突き進む。

煙が晴れる、その前に。

疾走したまま、魔刀に手をかけ、煙を突き抜けて間合いに飛び込んだ。

「…………っ!?」

シローとローブの男の視線が合う。

同時にシローが魔刀を振り抜いた。

白刃が閃いてローブの男に襲い掛かる。

タイミングも完璧だった。

しかし、魔刀が男のローブに触れた瞬間、男の姿が消え失せた。

「っ!?」

目標を見失ったシローが宙を蹴って飛び下がる。

そのまま自由落下に身を任せ、地面に着地した。

(空間魔法……いや)

魔法を発動した気配はなかった。

と、すれば、また何かの魔道具だろうか。

気配を探るが、敵が近くにいる様子はない。安全を確認したシローは魔刀を鞘に収めた。

ふぅっ、と一つ息を吐く。

「子供達は……」

シローがウィル達の方を確認すると、皆揃ってキマイラの方を眺めていた。


「ウィル様……」

伏せたまま動かないキマイラに寄り添うウィル。

その後ろ姿をレンは静かに見守っていた。

ウィルが地に膝を突き、山羊の鼻先を撫でる。

反応はない。

キマイラは既に息を引き取っていた。

「れん……うぃる、まじゅーさんやっつけたのに……まじゅーさんはうぃるをたすけてくれたの」

「そうですね……」

ポツポツと呟くウィルにレンが静かに返す。

キマイラがウィル達を助けようとしたのか、本当のところは分からない。

しかし、結果として救われたのは事実だ。

あのまま火球を間近で受けていれば、どうなっていたのかは分からない。

「うぃる、わるいことしちゃったのかな……?」

ウィルがキマイラの亡骸を撫でつつ、自分の事を責めた。

その背中をレンが優しく撫でる。

「それは違いますよ。ウィル様……」

見上げてくるウィルをレンは微笑んで見返した。

「私やシロー様が倒したとしても、キマイラは庇ってくれなかったでしょう。ウィル様が一生懸命キマイラと向き合ったから、きっとキマイラもウィル様を守ってくれたんだと思いますよ？」

それもやはり、本当のところは分からない。

だが、レンは自分の発言があながち的外れでもないと思っていた。

そうでなければ凶暴として知られるキマイラがこんな穏やかな死に顔を見せるだろうか。

「そっかー……」

ウィルがその事を理解するのは難しい。

曖昧に呟いて、視線をまたキマイラへと戻した。

「さぁ、ウィル様」

いつまでもこの場に座り込んでいても仕方がない。

やれる事は全てやった。

後は騎士達がこの騒動に幕を引いてくれるだろう。

レンに促されて、ウィルは立ち上がった。

両脇に立つセレナとニーナと手を繋ぐ。

「きまいらさん、ばいばい……」

ウィルはキマイラに別れを告げると姉達に手を引かれて歩き出した。

その後をレンとエリスが付き従う。

「先にお屋敷へ戻ります」

「ああ。子供達を頼むよ」

すれ違う際、頭を垂れるレンにシローが短く返す。

シローは事後処理の為、その場に留まった。

シローと風の一片が並んでウィル達を見送る。

その後ろ姿が見えなくなると、シローは風の一片を伴ってキマイラの前に立った。

苦しみから解放されて穏やかな死に顔を浮かべるキマイラ。

ウィル達を守ってくれた魔獣へ、シローは深々と頭を下げた。

◆

静かな森の奥深く。

金の刺繍を施されたローブの男が魔力を伴って姿を現した。

突然出現した人間に気付いた周りの動物達が慌てて逃げ出していく。

「クッ……このハンスが遅れを取るとは」

転移魔道具が正常に起動した事を確認した男——ハンスが周りを見渡す。

目印をつけられた木を発見して、ハンスはその根元に腰を下ろした。

緊張で強張った体を落ち着かせるようにゆっくりと息を吐き出す。

森の中では強力な魔獣が突如襲い掛かってくる危険がある為、普通の人間は滅多に立ち入らない。

ハンスにしても同様だが、そこは簡易な結界が事前に張られており、十分に休める場所となっていた。

「一瞬の隙を……これほどか、【飛竜墜とし】」

ローブの脇に触れた男が眉をひそめる。

魔刀が触れただけだと思っていた箇所は見事に斬れていた。

おそらく風の魔力によるものだろう。

身に受けていたら、今頃上半身と下半身がお別れしているところだ。

(一度本部へ戻らねばならないか……)

ハンスの口から今度はため息が漏れた。

失敗の報告など如何なるときも嫌なものである。

しかも現在、フィルファリア王国領で活動している同志には過激な者が多い。

自分の不在時に余計な行動を取らないとも限らないのだ。

(忠実な部下が欲しいものだ……)

監督する立場にあるハンスにとっては切実な願いである。

「……よし」

泣き言を言っていても始まらない。

ハンスは懐から掌に収まる程の小さな魔道具を取り出した。

体を縮こまらせた蜘蛛のような魔道具だ。

それに魔力を注ぐと起動を示すように赤く妖しい光が灯る。

(許せよ……)

胸中で一言呟いて、ハンスは撤収の準備に取り掛かった。

◆

「「「お疲れ様でした。セシリア様」」」

リビングのソファに腰を下ろしたセシリアを気遣うようにトマソン達が腰を折る。

戦いを終えたウィル達の出迎え。

トルキス家に避難した者達の誘導。

その詳細の報告。

新たに設けられた避難所の雑務の手伝いなど。

セシリア達が全てを終えてトルキス邸に戻ったのは日も暮れようかという頃だった。

「少し疲れましたね」

セシリアが使用人達に笑顔を返す。

本当はベッドに身を投げ出して目を閉じてしまいたいところだろう。

しかし、そうしないのはセシリアに公爵家令嬢としての育ちの良さと責任感があるからだ。

シローが不在の間はセシリアが、この家の舵取りをしなければならない。

「トマソン。状況を整理してもらえる？」

「はっ」

短く返事をしたトマソンが前へ進み出て、セシリアと使用人達の両方を視界に収められるように向き直った。

この場にいないのは家主のシローと門番のエジル、そして子供達と子供達の傍についているメイドのレンとミーシャ。

「現在、王国から発令された外周区東側の避難指示は解除されております。西側の一部では住宅の損壊も激しく、未だ避難は解除されておりません。使用人は、魔獣の索敵に名乗りを上げたエジルが不在です。シロー様も敵の黒幕と思しき男と交戦しておりますのでご帰宅は遅くなるかと……。現状、当家の問題と致しましては半壊した庭の修復と、いくつかの備蓄が底を突いている事でしょうか」

「底を突いている備蓄というのは？」

「非常食と清潔な布類、後はポーション類ですな」

聞き返すセシリアにトマソンが答える。

「ポーション類……」

セシリアが考え込むように俯いた。

ポーションの類は大体どこの家庭で常備している。

トルキス家も、もしもの時の為に常備していたが、それがなくなったという。

問題は同様の事が王都全体でしばらく続くだろうという事だ。

つまり、ポーション不足である。

トルキス家には三人（ウィルを含めると四人だが）回復魔法を使える者がいる。

だが、魔法使い全体で見ると回復魔法を使える者は少ない。

原因は色々あるが、冒険者でまともに回復魔法を使える者がいれば引く手数多だろう。

それ位、貴重な存在だ。

なので、基本的には怪我の回復にはポーションなどが用いられる。

家庭用でも冒険用でも。

それは治療を専門とする街の治療院も同じ事だ。

消費魔力が多い為、一日に回復魔法を使える回数には限りがある。

料金は高額で、当然重症の者が優先される。

流石に今日の騒ぎの重症者は優先的に治療を受けているだろうが、人手が足りているかどうかは怪しい。

「明日の予定ですが……」

顔を上げたセシリアが使用人達を見回す。

「私は治療院に出向こうと思います。エリスとステラは同行して」

「はい」

「かしこまりました、セシリア様」

エリスとステラの返事に頷き返したセシリアが、今度はトマソンとラッツを交互に見た。

「家の事はトマソンに、庭の事はラッツさんにお任せします。二人で話し合って人員を配して」

「はっ、かしこまりました」

「おまかせ下さい」

トマソンとラッツの返事にセシリアがまた頷き返す。

「しばらくは忙しくなるかもしれませんが、一段落ついたらゆっくり休みましょう。それまではどうか、よろしくね」

「「「はい！」」」

セシリアの労いに使用人達が声を揃えた。

「それじゃあ、ステラ。お疲れのところ、申し訳ないのだけれど……」

「お夕飯ですね。昼食会用に下拵えした物があるので、すぐですよ♪」

力こぶを作ってみせるステラにセシリアが笑みを浮かべる。

そういえば、昼食会もお流れになってしまった。

これもまた、折を見て開催したいとセシリアは心の中で思っていた。

まあ、まずは目先の事だ。

「他に、何か報告はあるかしら？」

セシリアが使用人達を見回す。

その中でエリスが顎に手を当てて考える素振りを見せた。

「ええっ、と……何か忘れているような気が……」

「何か……？　重要な事？」

首を傾げるセシリアにエリスが慌てて顔を上げた。

「いえ、ですが……」

些細な事だったような重要な事だったような。

引っ掛かっているのだが、なかなか出てこない。

「思い出したら報告して？」

「はい」

セシリアの言葉にエリスは一先ず頷いて返した。

「さぁ、できる事から始めましょう」

疲れた体に喝を入れるように締めくくったセシリアが自らも厨房へ向かおうと立ち上がった時、リビングの扉が開いた。

「お母様」

「あら、ニーナ。どうしたの？」

姿を現したのはニーナとミーシャであった。

その姿を見たエリスが報告すべき事を思い出して「あっ……」と声を漏らした。

「幻獣ですね」

ポツリと呟くエリスに応えるように、ニーナが両掌を上に向けてセシリアに差し出した。

赤い燐光を伴って、小鳥の雛がニーナの掌に現れて一声鳴く。

その様子にセシリアは目をぱちくりさせた。

「この子、火の幻獣みたいなんです。ひとりぼっちはかわいそうだから、私と契約してもらいました」

「そ、そうなのね……」

「はい。後は名前を決めてあげるだけなんですけど……セレナ姉様とエリスさんが皆にもどんな名前がいいか、聞いてみた方がいいって」

「そ、そうね……」

娘の話を聞きながら、セシリアは思わず苦笑いを浮かべた。

幻獣も精霊も滅多に姿を見せない珍しい存在なのである。

それなのにウィルにしろニーナにしろ、当たり前のように契約し過ぎだ。

これが風の一片の言う幻獣の加護というものなのだろうか。

ともあれ、ニーナの優しさは褒めて伸ばしてあげるべき部分だ。

セシリアは見上げてくるニーナの頭を優しく撫でた。

「ニーナは優しいのね。相手の事を思ってあげるのは、とてもいい事よ」

「えへへ……」

俯いたニーナがセシリアの手に身を任せ、嬉しそうに目を細める。

そしてセシリアの手が離れると、またセシリアを見上げ、パッと表情を輝かせた。

「それで私、ゴメスとかゴンザレスとか強そうな名前がいいと思うんですけど！」

優しさが台無しである。

掌の上で雛がプルプルと震えているように見えた。

ひょっとして、うちの娘は脳筋なんだろうか。

セシリアは本気で心配しながら、しかしそれを顔には出さず、また優しくニーナの頭を撫でた。

「いい、ニーナ。よく聞いて？　名前はその子の一生の宝物になるのよ。あなたも一生その名前を呼ぶの。だから名前を付ける時は強そうなとかではなく、その雛の事を考えて、心を込めて付けなさい」

「んー……」

セシリアの言葉にニーナが考え込むが妙案はないらしい。

困った様子でセシリアの顔を見返してくる。

その表情にセシリアが優しい笑みを浮かべた。

「ふふっ……そんな顔しないの。みんなで一緒に考えてあげるから」

「はい」

セシリアに促されるまま、ニーナがソファへと座り、その横へセシリアが座る。

「ささ、みんなも一緒に名前を考えて上げて」

「「「は、はい……」」」

夕食の準備を始めるステラを除いて、使用人達が集まった。

長い長い命名会議の始まりである。

（お夕飯までに決まるかしら……）

セシリアの心配を他所に使用人達から名前の候補が上がっていく。

新たな幻獣の名前が【クルージーン】に決まったのは夕食の直前であった。

◆

翌朝。

朝食を終えたトルキス家と使用人達がリビングに集まった。

「…………………」

庭へと続く窓ガラスの前でウィルはポカンと口を開けて呆然と立ち尽くした。

普段は開放されている庭へと続く大きな窓が今は締め切られている。

その窓の向こうには無惨に荒れ果てた広い庭が広がっていた。

土を失った芝が痩せこけた皮のようなしわを作り、踏み荒らされた箇所が破けて捲れ上がっている。

「ウィル、危ないからお庭には出ないでね？」

セシリアの言葉に目をぱちくりさせたウィルがゆっくりと向き直った。

ウィルの口がムッとしたへの字口に変わる。

「だれ⁉」

「「「………？」」」

いきなり騒ぎ出したウィルにその場にいた全員が振り返った。

「うぃるのおにわ、こわしちゃったのだれ⁉」

キョトンとした様子で全員が顔を見合わせる。

「誰って……」

「ウィルじゃない」

「えっ……？」

ニーナとセレナの言葉にウィルがまた目をぱちくりさせた。

「お庭でゴーレムを召喚したでしょう？」

セレナに教えられ、ウィルがセレナを見上げたままゴーレムを召喚した時の事を思い出す。

「そっ……！」

(((そ……？)))

見守る者達の視線を受けたウィルが何かを言わんと声を発して、スッと視線を横に逸らした。

「……そーともゆー」

いや、そうとしか言わない。

心なし焦った様子のウィルに皆が苦笑した。

「そういうわけだから、ね」

セシリアが本来の優しい笑みでウィルの頭を撫でる。

「今日はお家で大人しくしていてね？」

「うー……」

セシリアの手に身を任せながらウィルが不満げな声を漏らす。

（おうちだといっぱいまほー、つかえない……）

昨日はよかった。

外に出て大好きな魔法がたくさん使えた。

悲しい事もあったけど、楽しい事もいっぱいあった。

もっとたくさん魔法を使えるようになるには、外でもっと魔法を練習しなければならない。

（おそと、いきたいなー）

昨日の一件でウィルの世界は大きな広がりを見せていた。

外にはたくさんの人がいる。

もっと色んな人に魔法を見てもらって、もっともっと多くの人を笑顔にしたい。

昨日の魔法の感触を思い出して、ウィルの表情が嬉しさでホクホクし始めた頃、セシリアの後ろからトマソンが声をかけた。

「それではセシリア様。我々は先に動き始めます。昼過ぎのご出発で、お帰りは夕刻という事でよろしいですか？」

「ええ、よろしくね」

「特に何かご用意する物などは……」

「今回はいいわ、エリス。私達がしっかりと助けになるように努めましょう」

使用人達の方へ向き直って、セシリアがアレコレと打ち合わせを始める。

その様子を見上げたウィルが首を傾げた。

「かーさま、どっかいくのー？」

「ええ。治療院のお手伝いよ」

「ちりょーいん？」

「そうよ。怪我をした人達を治しに行くの」

セシリアがしゃがみ込んでウィルの顔を覗き込んだ。

「ウィルはお家でいい子にしててね？」

「けがを、なおしに……」

言葉の意味を理解しようと反芻したウィルが何かに気付いて目を見開いた。

「うぃるもいく！」

「えええっ!?」

セシリアが驚いたように声を上げる。

「うぃるもけがをなおしてあげるの！」

「うーん……」

困ったように唸るセシリア。

見かねたシローがウィルに声をかけた。

「あのな、ウィル。セシリアさんは遊びに行くんじゃないんだぞ？」

「うー」

注意するようなシローの言葉にウィルが口を尖らせる。

「とーさまは、いつもそーゆー」

「いや、言ってないよ？」

ウィルの反応にシローは思わず汗を垂らした。

そんな事はお構いなしに、ウィルは横を向いて素っ気ない振りをしている。

なんだかレンの素っ気ない態度に少し似ていた。

「うぃるもかいふくまほーつかえるもん！」

「いや、そうは言っても……な？」

なんとかウィルが諦める方向に話を持って行きたいシローを見て、ウィルの表情が一層むくれる。

ウィルはくるりとレンの方へ向き直った。

「れん！」

「はい、何でしょう？」

「とーさまをごちんして！」

「…………は？」

「とーさまはうぃるがかいふくまほーつかえないとおもってるんだ！　だかられんがごちんして、

うぃるがなおす！」

「ウィル様、さすがに意味もなくシロー様を殴るなんてできませんよ」

「むぅ……」

ウィルが無念そうに肩を落とす。

その横でシローは胸を撫で下ろし、使用人達は理由があれば殴るのか、と汗を垂らした。

「お家の中でも簡単な魔法なら使っていいのよ？」

セシリアの言葉にウィルが首を横に振る。

昨日のように強力な魔法を使えば簡単な魔法では満足しないかしら、と困り果てるセシリアにウィルは全く予想外の事を言い出した。

「かいふくまほーのれんしゅーしないと、おじさんとおにーさんをえがおにできないもん」

「えっ……？」

驚いて、セシリアは合点がいった。

ウィルはただ魔法を使いたいのではなく、回復魔法の練習がしたいのだ。

昨日腕や足を失ってしまった者の為に。

回復魔法を使いこなせるようになれば部位の欠損も治せると思って。

しかし、人の身で操る回復魔法では部位の欠損は治せない。

その事をウィルは理解していないのだ。

「ウィル……」

それでも。

ウィルの、誰かの為に魔法を使いたいという気持ちはとても大切な事だ。

そして回復魔法は難易度こそ高いものの、人を傷つけない優しい魔法である。

「分かったわ、ウィル。一緒に治療院へ行きましょう」

「ほんと!?」

ウィルの表情が輝いた。

「ちゃんとお利口さんにしててね？　約束できる？」

「うん！　うん！」

セシリアの言葉にウィルが強く頷き返す。

セシリアはウィルの頬を撫でるとエリスに向き直った。

「エリス、ウィルのお出かけの準備もしてあげて」

「畏まりました、セシリア様」

腰を折ってエリスが下がる。

他の使用人達もトマソンの指示の下、各々動き出した。

「ウィル。ちゃんとセシリアさんの言う事、聞くんだぞ？」

「あいー」

ウィルとセシリアのやり取りを見守っていたシローがウィルの頭をくしゃくしゃと撫でる。

ひとしきり撫でて、最後にポンポンと優しく叩いた。

「じゃあ、俺も仕事に行ってきます。ウィルの事、よろしくね」

「はい、行ってらっしゃいませ。シロー様」

シローがセシリアに向き直り、軽くハグを交わす。

それからセレナとニーナの頭を優しく撫でた。


「「「いってらっしゃーい！」」」

子供達の見送る声を聞きながら、シローは玄関を出た。

「シロー、様」

見送りに付き添ってきたレンが背後からシローに声をかけた。

レンとシローの付き合いは長い。

シローの様子がおかしい事に、レンはなんとなく気付いていた。

シローが足を止めて、レンも立ち止まる。

その位置からシローの表情を窺う事はできない。

「なぁ、レン……」

振り向かず、話し掛けてくるシローにレンは次の言葉を待った。

「レンの戦った相手、どんな奴だった？」

「…………」

シローの意図が分からず、少し沈黙してからレンが口を開く。

「変態でしたね」

「そうか……」

端的に述べるレンにシローが短く返すが、やはりシローらしくない。

続きを待つように立ち止まったままのシローにレンは嘆息してから続けた。

「歪んでしまったワケもありそうでしたが犯罪を犯してしまった以上、同情の余地はありません」

「……俺の戦った相手も、そうだな。だが、出会いが違えば酒場で一杯酌み交わしていたかもしれないような、そんな奴だったよ」

自嘲気味に笑ったシローが話は終わったとばかりに歩き出した。

振り向かないまま、レンに手を振る。

「留守を頼むよ。敵はもう居ないだろうけど、さ」

「……畏まりました」

レンが腰を折る。

顔を上げて見送ったシローの背中はどこか哀愁が漂っていた。

◆

フィルファリア城にある一室——円卓の間にシローはいた。

元々重要な会議をする場所で、シローのような一騎士が来る所ではない。

しかし、先の戦いで敵の黒幕と鉢合わせたシローは、王命によりこの会議に参加する事になった。

今、隣にはシローの所属する第三騎士団団長ガイオスがおり、アルベルト国王やこの国の重臣がフェリックス宰相の読み上げる被害報告に耳を傾けている。

外周区内の被害状況、人的損害、避難状況、物資の供給量、魔獣討伐の経過などなど。

それによる今後の見通しもフェリックス宰相によって丁寧に語られていく。

その説明の中で最後に語られたのが今回の事件を起こした者達の末路であった。

「今回の事件の首謀者と思われていたカルディ、その息子グラムと一味と思われるローブの集団。合わせて二十八名、全員の死亡を確認しました。特別な捜査隊を組んではいますが、騒動の全容を解明するのは難しいかもしれません。私からは以上です、陛下」

フェリックス宰相が視線をアルベルト国王へ向けると、全員がそれに倣うように向き直った。

アルベルト国王が小さくため息を吐く。

「見事に尻尾を切られたな……」

その言葉に誰もが押し黙る。

別に誰かに落ち度があったわけではない。

実際、騎士達はローブの男達を生け捕りにし、尋問しようとしていたのだ。

だが、できなかった。

ローブの男達は全員見たこともない魔道具を背負っていた。

中心に小さな瘤のある白く節くれだった蜘蛛の足のような魔道具。

それが一斉に蠢き、ローブの男達を串刺しにして、その命を奪ったのだ。

一縷の望みをかけてカルディ邸に部隊を送り込むも、成果を上げる事はできなかった。

カルディ邸の地下にあった許可なく作られた通路。

その奥にあった部屋からカルディとグラム、取り巻きの騎士達の死体が見つかった。

ある者はナイフで、ある者は魔法で、その命を奪われていたという。

「カルディを背後から操っていた奴がいるという事か」

「どこの誰だというのだ？　我らを害して得する者などおるとは思えんが……」

「やはり隣国からの刺客なのでは？」

「シロー殿、顔を見てはおらぬのか？」

思い思いに発言する重臣達の視線がシローに集まる。

シローは相対したローブの男達の顔を一人一人思い浮かべ、最後に黒幕の男の顔を思い出した。

「フードを目深に被っていた為、はっきりと顔を見てはおりませんが……見覚えはありませんでした」

「シロー殿、何でも良い。気付いた事はないか？」

アルベルトの気遣うような発言にシローが困ったような笑みを浮かべる。

それから言葉を選んで思った事を口にした。

「おそらく、黒幕はフィルファリア国内の有力者ではないと思われます。同様に隣国からの刺客という線も薄いでしょう」

「なぜ、そう思う？」

「内情を知っている者にしては今回の襲撃はお粗末過ぎます。おそらく強行的な手段だったのでしょう」

「ふぅむ……」

シローの言葉にアルベルトが唸る。

シローはそのまま続けた。

「同様に隣国が今回のような魔道具を開発したという話は聞いていません。もし隣国がこのような魔道具を開発したのなら、こんな中途半端な襲撃で手の内を晒すというのは考えにくい」

仮に陽動であったとしたら、同時にどこかが侵攻されている筈だがその報告もない。

本気で侵略してこないのに手の内を晒すというのはあり得ないとシローは考えていた。

「ゆえに、今回の騒動は息子を犯罪者にしたくないカルディが協力者の力を借りて起こした謀反だったのでは、と。協力者が何者なのかは分かりませんが……」

「私も同意見です。陛下」

シローの言葉にフェリックス宰相が同意する。

「危険が完全に去ったと断言するのは早うございますが、今はカルディの背後関係と賊の使った技術の解明を急いだ方が良いかと……なにせ、尻尾切りに関係者全員を殺してしまうような輩です。どれほどの規模の徒党であるかも予想できません」

人員を確保するにも魔道具を支給するにもそれなりの活動資金が必要だ。

首謀者はそれをあっさりと切り捨てた。

正体を隠す事を優先したという事は小規模な組織の単発的な犯行ではなく、それなりの規模の組織の計画的な犯行である可能性が高い。

「各国に説明するにしても、今のままでは説明しようがございません」

「確かに今はそれしかないか……」

王都には取引のある国の大使も在住している。

今回の騒動の説明も必要になってくるが、それにはまだ謎が多過ぎた。

公式に発表するにも時間が必要だ。

「フェリックス、各国の大使と面会する。手配を頼む。それから全容の解明に注力してくれ。魔道具の調査には腕の立つ職人や宮廷魔術師、精霊魔法研究所の所員を動員しても構わん。未知の技術だ。安全には十分配慮するように」

「はっ！」

「他の者は協力して外周区の復興に全力を注いでくれ。頼んだぞ」

「「はっ！」」

アルベルトの下知に重臣達が揃って頭を下げ、その場は解散となった。

第四章

治療院の天使

episode.4

will sama ha
kyou mo mahou de
asondeimasu.

「おーでーかけ、おーでーかけ♪」

治療院に赴く為、ウィルはセシリアと家を出た。

お供はエリスとステラの二人。

「ウィル、お利口さんにしてね」

「かーさま、はーい」

セシリアがお出かけにはしゃぐウィルに釘を差すが、ウィルは嬉しいのか元気いっぱいだ。

その様子をエリスもステラも笑顔で見守りつつ、玄関を出た。

目当ての治療院は市街区にある。

普段なら馬車を用いて移動するが、今回は復旧の物資が行き交う事を考慮して徒歩での移動を選択した。

「おお……セシリア様!」

玄関を出てすぐ出会ったのはラッツと会話をしていた職人風の男だった。

部下を引き連れたその男は庭の外壁の修復の算段をラッツと話していたようだ。

「申し訳ありません、セシリア様。お庭の外壁の修復は少し時間が掛かりそうで……」

開口一番、謝罪を口にする男にセシリアは笑顔で対応した。

「いえ、親方さん。どうぞ面を上げて下さい。街の復旧が最優先ですから……」

男は優秀な大工でトルキス家の修繕などにも関わっており、セシリアとも面識があった。

そのセシリアは目の前の男ほど有能な職人であれば、街の復旧作業に指名されると分かっているのだ。

セシリアの笑顔に当てられ、照れ笑いを浮かべる親方をウィルが見上げた。

それに気付いたセシリアと親方がウィルに視線を向ける。

「ほら、ウィル。この人がお庭の壁を直してくれるのよ」

「うぃるのおにわ、なおしてくれるのー？」

「ええ、必ず。坊ちゃん、待ってて下さいね！」

「まってるー♪」

力こぶを作って見せてくる親方にウィルも笑顔で答えた。

「さて、それでは中通りの修復に行かないと……」

「ホント、すごい被害ですよ……石畳を上から叩き潰したような」

男の部下が合いの手を入れて親方も大きく頷く。

「西地区なんて特にひでぇ。石畳全部引っぺがすように砕けちまって……一体どんな魔獣が暴れたらあんな事になんのか、想像もつかねぇ……って、どうされました？」

中通りの被害を語る親方達が笑顔で固まるセシリア達を見て、不思議そうに首を傾げた。

ウィルだけが腕組みをして、うんうんと頷いた。

「わるいまじゅうがいるもんだね！　こんどでたら、うぃるがやっつけてあげる！」

(気付いて、ウィル。石畳を壊したのは魔獣じゃなくてあなたよ)

事情を知るトルキス家の者達が笑顔のまま大粒の汗を浮かべる。

だが、その事を知らない親方はウィルのかわいい仕草にがっはっはっと笑い声を上げた。

「それはそれは頼もしいですな！」

「えへー♪」

親方に笑いながら頭を撫でられ、ウィルがご満悦そうに笑顔を浮かべる。

「そ、それじゃあ参りましょうか、ウィル」

「はーい。おやかたさん、またねー」

「はっはっ！　いってらっしゃいませ、ウィル様、セシリア様」

セシリアに促されたウィルが親方達に手を振って、ウィル達は治療院に向けて出発した。

◆

今回お邪魔する治療院は市街区の中心を走る中央通りから一つ筋を離れた場所にある。

冒険者ギルド寄りの場所で近くには冒険者向けの店や宿があるが、奥まっていない為、同時に住人達も利用しやすい場所にあった。

清潔感のある建物の中に入ると外とは違う落ち着いた空気が室内を満たしていた。

「ごめん下さい」

「あ、あら！　セシリア様！」

ローブを着た受付の女性がセシリアに気付いて立ち上がる。

「お手伝いしようかと思いまして……」

「少々お待ち下さいませ！　先生！　先生！」

慌てて奥へと駆けていった女性をポカンと見送るウィルに笑みを浮かべたセシリアが説明した。

「ウィル、ここはね、お母さんが樹属性の魔法を教わった先生がお仕事している治療院なの」

「おー？」

「今日はここでケガをした人を治すお手伝いをするのよ」

「おー！」

魔法が使えると理解したのか、ウィルが目を輝かせる。

程無くして、奥から姿を現したのは年老いた魔法使いであった。

「これはこれは、セシリア様」

「マエル先生、ご無沙汰しております」

屈託ない笑みを浮かべる老魔法使いにセシリア達が腰を折る。

それを見ていたウィルも真似をして腰を折った。

「ごぶさたしておりますー」

「ほっほ。ウィル様、ご機嫌よう」

老魔法使い――マエルが目を細め、周りには温かな笑みが溢れる。

このマエルという魔法使いは優秀な回復魔法の使い手でありながら、国のお抱えにはならず、身分に関係なく治療を施していた。

一方で教えを請う者には回復魔法を広く伝授し、魔法薬の調合も自ら手掛け、治療院を運営しながら人々の暮らしを見守っている、フィルファリアの国民から幅広く尊敬される人物なのである。

マエルの下で回復魔法を修めた者も多く、セシリアやエリス、ステラもマエルの下で回復魔法を学んだ一人であった。

「今日はお揃いで……お手伝い頂けると言う事ですが」

「ええ、先生。それで相談したい事が……」

セシリアが話を切り出そうとした時、治療院の扉を開けて母娘が姿を現した。

「ひっく、うぇぇぇぇっ……！」

「あの、マエル先生、宜しいでしょうか？」

「おお、どうぞどうぞ」

女性に連れられた女の子は腕と足に大きな擦り傷と打ち付けた痕があった。

血はまだ新しく滲んでおり、痛みに耐え兼ねて少女が泣きじゃくっている。

「荷台から転落してしまいまして……」

「おやおや……」

マエルが怪我の状態を見ようと前に出た。

治療院での傷の治療は魔法と回復薬とに分けられる。

魔法も回復薬もグレードによって効果が違い、効果の高い物ほど料金も高くなっていく。

人としての自然治癒力もある為、治療を施す者は【最低どれくらい効果のある物を使えば問題ないか】を診察し、施される者は【その中からどれくらい効果のある物を選択するか】という形になっている。

「どれどれ……」

ポロポロと涙を零す少女の前に屈み込んだマエル。

傷の状態を確認しようと手を伸ばす前に動いたのはウィルだった。

「いたそう……うぃるがなおしてあげるね！」

「あっ！　待って、ウィル――」

慌ててセシリアが声をかけるが遅かった。

初心者用の杖を取り出したウィルが子供らしい声で詠唱する。

「きたれ、きのせーれーさん！　たいじゅのほーよー、なんじのりんじんをいやせせーめーのいぶきー！」

杖先から溢れ出た淡い緑色の燐光が少女を包み込んだ。

驚いた少女がピタリと泣き止む。

少女の傷が見る見るうちになくなり、光が収まる頃にはその名残すら消え去っていた。

綺麗に治しきったウィルがその成果を確認して、満足気な笑みを浮かべる。

「もういたくないー？」

「う、うん……」

「よかったー」

「ありがとう……」

涙を拭きながら礼を述べる少女にウィルが照れ笑いを浮かべた。

目の前で一部始終を見ていたマエルや受付の女性達が信じられない光景に目を瞬かせる。

小さな子供が大人でも習得の難しいと言われる回復魔法をあっさりと使ってみせたのである。

しかも、複合属性である樹属性の上級難易度のものを、だ。

「完璧じゃ……」

少女の状態を確認したマエルがポツリと呟いた。

マエルの後ろでセシリアが困ったようにため息をつき、エリスがフォローするようにウィルに話しかけた。

「ウィル様、治療院とはお金を頂いて怪我を治す場所なんですよ？　受付が済むまで勝手に治しては駄目なのです」

「むぅ……」

ウィルが頬を膨らませる。

それから拗ねたように唇を尖らせて足をプラプラさせた。

「だってぇー、おねーさん、いたそーだったんだもん……」

ウィルにとっては優しさから出た行動なのだろう。

だが、それが治療院の収入に関わる以上、駄目なものは駄目だ。

それをウィルにしっかりと分からせなければならない。

「いやはや……」

言葉も見つからないといった体でマエルが自分の頭に手を乗せた。

治癒魔法使いとして長く活動しているマエルでさえ、こんな年端も行かない子供が回復魔法を使うところを初めて見たのである。

「申し訳ございません、先生」

「ああ、いやいや……」

謝るセシリアをマエルが手で制する。

驚きはしたものの、マエルにウィルやセシリアを責める気は毛頭ない。

「エリスの見立てなのですが、どうもウィルは魔法を見て真似ができるみたいなんです」

「なるほど……魔眼、というやつですかな」

「魔眼ですか……」

「ええ、魔法眼などと呼ばれる事もありますな。自然と眼に魔法が宿っている状態なのだとか……まぁ、ウィル様の場合、そんなに神経質に考えなくてよろしいかと。少し魔法の覚えが早いと思えばいい事ですよ」

心配そうなセシリアとは打って変わってマエルがほっほっ、と明るい声で笑い、顎髭を擦った。

マエルの様子にセシリアもウィルに対する心配が少し晴れたようだ。

マエルがウィルに視線を向けると、ウィルは少ししょんぼりしたようにマエルを見上げていた。

「よしよし、ウィル様。治療院の事が少しご理解頂けましたかな？」

「うん……ごめんなさい……」

「いいのです。ウィル様の誰かの為にというお心が、正しく魔法を使う第一歩なのですから」

マエルが素直に謝ってくるウィルの頭を優しく撫でた。

それから丁寧に尋ねる。

「では、ウィル様。治療院の事を知った上で、ウィル様はどうしたいですか？」

「うぃるね、けがをしたひとをなおしたいの。それでね、いつかおててやあしがなくなっちゃったひとをもとどおりにしてあげたいの」

外周区の騒動でそういった者が出た事をマエルも聞き及んでいた。

そして、それを知ったウィルがそういう思いを抱いたとしても、なんの不思議もない。

それが人の身では難しい事だったとしても、マエルは笑わなかった。

ただ優しく頷いた。

「そうですか、そうですか……お優しいですな、ウィル様。それならば、ここで思う存分力をつけると良いですよ」

「ほんと!?」

「ええ、本当ですとも。ですが、魔力がなくなって疲れたら、ちゃんと教えて下さいますように」

「うん！　うん！」

マエルに許しを得て、ウィルが嬉しそうに表情を綻ばせ、何度も力強く頷いた。

「先生、ありがとうございます」

「いやいや……」

再び腰を折るセシリアにマエルが相貌を崩す。

「しかし、ウィルまで回復魔法の使用料を頂いてよろしいのでしょうか？」

セシリアの心配も最もな事だ。

回復魔法での治療を選ぶ場合は基本的に担当する者まで選べない。

同じ回復魔法とはいえ、年端も行かぬ子供と大人が同一の料金では患者が納得しないだろう。

だが、マエルは特に気にした風もなく、笑顔を崩さなかった。

「今は外周区の被害で回復薬やその素材が不足しているのです。いくらでもやりようはありますよ。さあさ、皆様、お手伝い下さい」

「「はぁ……？」」

セシリア達の心配を余所にマエルはほっほっと笑いながら午後の診察の段取りを始めた。

◆

「……っつ」

「大丈夫？」

軽装の女剣士に肩を貸した女魔法使いが心配そうにその顔を覗き込んだ。

「ええ、大丈夫……」

額に汗を浮かべ、無理やり笑みを浮かべているがかなりの重症だ。

同じパーティーの仲間を気遣いながら、女魔法使いはゆっくりと歩いた。

彼女達の他にもパーティーメンバーがいるが、その誰もが男だった為、彼女がこうして女剣士に肩を貸している。

「面目ねぇ……」

タンカーを担当していた大柄の男が申し訳なさそうに項垂れる。だが、仕方のない事だ。

草原地帯に生息する魔獣の討伐依頼をこなしていた彼らは不意打ちで他の魔獣に襲われたのだ。

前線を支えようとしたタンカーの奮闘も虚しく、脇を抜けた魔獣が女剣士を襲った。

彼女は素早い動きが売りだったが、魔獣の攻撃を躱し切れず、直撃を喰らってしまったのだ。

致命傷ではなかったにしろダメージは大きく、手持ちの回復薬では手に負えなかった。

その為、彼女らはその場での回復を諦め、依頼達成後すぐに治療院を目指していた。

「外で待ってて」

仲間に一声かけてから、女魔法使いが女剣士を連れて治療院の入り口へと向かう。

高名な治癒魔法使いマエルの運営する冒険者にも街の人にも人気の治療院である。

治療院の中に入ると、彼女達に気付いた受付の女性達が慌てて駆けつけてきた。

「大丈夫ですか？」

「魔獣にやられてしまって……すぐに治療を受けたいのですけど」

苦しそうな女剣士に代わり、女魔法使いが受け答えする。

受付の女性はすぐに治療内容の記載されたメニュー表を女魔法使いに見せてくれた。

女剣士の状態からなるべく効果の高い回復薬を手に入れたいところだが……。

「うっ……」

メニュー表を見た女魔法使いが思わず呻いた。

効果の高いポーション類の相場が軒並み上がっていたのである。

「ごめんなさい。昨日の魔獣騒ぎの影響で回復薬全体の相場が上がってしまっていて……」

「それで……」

昨日の騒ぎで怪我人も多く出たと聞く。

そちらに高価な回復薬が回されれば、必然的に品薄になった回復薬の相場は上がる。

その代わりなのか、回復魔法が普段より少し安くなっていた。

回復薬が手に入らないのであれば選択肢としてはありだが、それでも彼女達の稼ぎからしてみれば少し高額だ。

諦めざるを得ないかと思いつつ、メニュー表に目を走らせていた女魔法使いの視線が一点に止まった。

「……あの、これ」

メニュー表の下に書き加えられていた一文を指差し、顔を上げる。

そこには【見習い治癒魔法使いの回復魔法】とあった。

回復魔法なのにびっくりするくらい安かった。

安過ぎて、思わず書き間違いかと思ったくらいだ。

基本的に見習いであろうとも回復魔法での治療はそこそこ高い。

回復魔法の使い手というだけでも貴重なのだ。

治安の悪い場所ではこういった安いものには何かしら曰くがついていたりするが、王都でそれもないだろう。

不思議に思う女魔法使いに受付の女性は小さく笑みを浮かべた。

「今日限定、です。効果は保証しますよ」

で、あれば、女魔法使いに拒む理由はない。

女剣士に視線を向けると彼女も首を縦に振った。


二人はすぐに奥へと通された。

入れ違うように手前の診察室から制服姿の女性が出てくる。

確か、冒険者ギルドに併設されている食堂の給仕服だ。

その表情はどこか呆けながらもふわりとした笑みが浮かんでいた。

(なに……？)

すれ違う女性の顔を見ながら、女魔法使いが怪訝そうな顔をする。

怪我をした上、治療してもらって代金も発生しているのに、あんな満ち足りたような表情になることなど普通はない。

（選択を誤ったかしら……）

頭の片隅にそんな疑念を浮かべながら、二人は受付の女性が診察室に声をかけるのを待った。

「ウィルベル先生、お願いします」

受付の女性が部屋の中へ声をかけると、中から「はーい」と返事する幼い声が微かに響いてきた。

「さぁ、どうぞ」

受付の女性に促され、警戒しつつも二人が部屋の中へと入る。

「「……………!?」」

中の光景を見て、二人は驚愕してしまった。

なぜなら回復魔法の使い手が座っているであろう席に小さな男の子が座っていたのである。

「こちらへ……」

女剣士が受付の女性に促され、脇の寝台に寝かされる。

「ウィルベル先生、重症の患者さんです」

「……うっ！」

寝る時に痛みが走ったのだろう女剣士が苦悶に呻く。

「たいへん！」

ウィルベルと呼ばれた小さな男の子はすぐに椅子から飛び降り、女剣士のもとへ駆け寄った。

その後をメイド服を着た女性が付き従う。

「あっ……えっ……？」

事態の飲み込めない女魔法使いは立ち尽くした。

（これは、なに？　お貴族様の子供の治癒魔法使いごっこで本当はメイドさんが治してくれるとか、そういう流れなの？）

だとすれば、少し不謹慎ではないだろうか。

安くで治療してもらう身で文句を言うのもアレだが。

などと眉をひそめる女魔法使いの前で、受付の女性が手早く状態を説明する。

「魔獣の攻撃で脇腹を負傷しているそうです」

「失礼しますね」

メイド服の女性が女剣士の傷が見えるように衣服を捲り上げる。

白く引き締まった腹部の脇に打ちつけたような痣があり、内出血を伴って変色していた。

「うぅ……いたそう……」

ウィルベル先生は一緒に痛がってくれた。

その様子に小さな笑みを浮かべた女剣士が弱くウィルベルの頭を撫でた。

「痛そうでしょ？　無理に見なくてもいいのよ？」

「だいじょーぶ。うぃるがすぐになおしてあげるねー」

両手を上げて応えるウィルベル。

見た目にはかわいいやり取りだが、女剣士の傷も浅くはない。

女魔法使いとしては一刻も早く治療して欲しかった。

これ以上引き伸ばされるのであれば意見しようと心に決めた彼女の前で、ウィルベルは初心者用の杖を取り出した。

彼の集中に合わせて肩から下げたランタンが光り輝く。

「きたれ、きのせーれーさん！　たいじゅのほーよー、なんじのりんじんをいやせせーめーのいぶきー！」

杖の先から溢れた淡い緑色の光が横たわる女剣士を包み込んだ。

「………………はっ？」

「えっ…………？」

女魔法使いも女剣士も目の前の光景に呆然とした。

杖先から溢れる光が徐々に減っていき、女剣士を包んでいた光も消えていく。

「できましたー」

光が収まると同時にウィルベルが笑顔で告げる。

同時に女剣士が飛び起きた。

痛みはもうどこにもない。

「えっ……ええっ!?」

不思議そうに女剣士は自分の体を見回し、ウィルベルに視線を向ける。

彼は変わらず笑顔だった。

「もーだいじょーぶー」

「あ、ありがとう……」

呆気にとられたまま女剣士が礼を言うとウィルベルは「えへー♪」と照れ笑いを浮かべた。

「いったい、なにが……」

目の前の出来事を受け止めきれないで呟く女魔法使いにウィルベルが向き直る。

「うぃるね、かいふくまほーのれんしゅーをしてるの！」

「そ、そう……」

「でね、でね！　いっぱいれんしゅーしてね！　こまってるひとをたすけてあげるの！」

「そうなのね……」

そうではなく、女魔法使いは何故こんな小さな子供が回復魔法の、それも上級に位置付けられる樹属性の魔法を使えるのか聞きたいのだが、ウィルベルはお構い無しに話し続けた。

「みんなえがおになるといーな！」

女魔法使いはその満面の笑みを見て、完全に毒気を抜かれてしまった。

ここまで純粋だと、子供にして回復魔法を使える事など些事に思えてくる。

「ははっ、そうね……みんな、笑顔になるといいわね」

「ねー♪」

ご機嫌なウィルベルに思わず頬を緩めながら、二人は礼を言って診察室を出た。

あんな小さな子が魔法を使っていた事にも驚きだが、その理由がまたかわいい。

受付で会計を済ませて、ふわふわした心持ちで治療院をあとにする。

「お、おい。どうだった……？」

心配そうに出迎える仲間達に、二人は顔を見合わせて思わずニヤけた。

「天使がいたわ」

「て、天使……？」

「そう、天使よ」

疑問符を浮かべる仲間達の反応に気を良くした二人はウィルベルの顔を思い浮かべてまたニヤつく。

これは堪らない。

すれ違った女性の反応のワケを理解して、二人は上機嫌で冒険者ギルドの運営する宿屋へと戻っていった。

◆

日が西に傾き、王都レティスの景色が色付き始めた頃、マエルの治療院を訪れる者も落ち着き始めた。

「お疲れ様でしたな、ウィル様」

「つかれたー」

休憩室で座り込んだウィルの頭をマエルが撫でる。

ウィルは自分のできる事をやり遂げたのか、満足気な笑みを浮かべていた。

「今日は一日、ありがとうございました、マエル先生」

「いやいや」

感謝を伝えるセシリアをマエルが手で制する。

「手伝って頂いたのはこちらです。大変助かりましたぞ」

人手を確保できた事で回復魔法の治療価格を下げられたマエルは、回復薬の在庫を想定以上に残す事ができていた。

途中、ウィルの噂を聞きつけた者達がウィル目当てで訪れたのも大きい。

おかげでウィルは魔力切れ寸前まで回復魔法を使う事ができた。

「堪能しましたかな、ウィル様」

「たんのーしましたー」

マエルの問いかけにウィルがまったりとした笑みで返し、周りにいた者が表情を綻ばせる。

「うぃる、さいせーまほーつかえるようになれるかなぁ……」

再生魔法。

回復魔法の上位に位置付けられ、部位の欠損ごと癒やす事ができる魔法だ。

治療を行っていたウィルが、とある冒険者に回復魔法の練習する理由を教えたところ、そんな魔法があると聞いたのだ。

ウィルの呟きを聞いた大人達は困り顔で笑みを浮かべた。

大人達はそれがどれほど難しい魔法か知っていたからだ。

だが、マエルは笑顔のまま、ウィルの顔を覗き込んだ。

「そうですな……ウィル様が樹属性の魔法を頑張って練習すれば、ひょっとしたら使えるようになるかも知れませんな」

「ほんとー？」

「ええ」

首を傾げるウィルにマエルが頷いてみせる。

「かつて、再生魔法を使えた人物がいらっしゃったのですよ。遠い異国の地に……」

「じゃー、そのひとにおしえてもらえば……」

「もうお亡くなりになっております。三百年ほど前に……」

「むぅ……」

妙案だと思ったのだろう。

顔を輝かせたウィルだったが、マエルの言葉に眉根を寄せた。

マエルはそんなウィルを見て、ほっほと笑った。

「残された資料から、その人物が樹の精霊魔法の使い手であった事、樹の精霊でも特定の精霊しか再生魔法を使えない事などが分かっています」

「せーれーさん……？」

精霊の事ならアジャンタかシャークティに聞けば分かるかもしれない。

「そして、樹の精霊がいるだろうとされているのが世界樹です」

「せかいじゅ……？」

「ええ。多くの冒険者が目標とする場所でもあります。世界樹の事はウィル様のお父上にお伺いしてみればよろしいのではないですかな？　きっとお詳しいと思いますよ？」

「とーさまが……？」

不思議そうに考え込むウィルを見ていたマエルがちらりとセシリアの方に視線を向けた。

それに気付いたセシリアが少し頬を赤く染め、視線を逸らす。

その様子に満足気な笑みを浮かべたマエルはウィルの頭をぽんぽんと撫でた。

「まぁ、諦めぬ事です」

どのみち、強力な魔法を使うには魔法の修練が不可欠。

それが精霊魔法ともなれば、精霊と契約できるだけの技量が求められるのだ。

今のウィルにはまだ無理だ。

「そろそろお暇しましょうか、ウィル」

「あい」

セシリアに促されて振り向いたウィルがふと動きを止めた。

「どうしたの、ウィル？」

きょとんとしてしまったウィルにセシリアが尋ねると、ウィルはセシリアを見上げて言った。

「すてらさんがいる……」

「「「………？」」」

ステラは最初からいる。

一緒に治療院を手伝いに来たのだ。

ウィルもその事は知っているはずである。

ステラが隣にいたエリスと視線を合わせ、不思議に思ったセシリアはウィルに聞き返した。

「そうよ。一緒に来たでしょう？」

「おゆーはんはぁ？」

「お夕飯……？」

確かにいつもならステラが夕飯の準備を始め、台所の近くを通るといい匂いがする時間である。

ウィルがステラの方を見上げるのでセシリアもその視線を追った。

「今日は他の者に頼んでありますよ？」

ステラの言葉にセシリアが視線をウィルへ戻す。

「ウィル……？」

ウィルはプルプル震えていた。

聞いてはいけない事を聞いたかのように、恐る恐る口を開く。

「きょうのおゆーはんは、だれが……？」

「レンとミーシャですよ、ウィル様」

ステラが笑顔で答えると、ウィルはがーんとショックを受けた。

「そ、そんな……」

がっくりと崩れ落ちるウィル。

「え？　ええっ……!?」

ステラが打ちひしがれるウィルに動揺し、不思議に思ったセシリアが首を傾げた。

「どうしたの、ウィル？　レンもミーシャもお料理上手じゃない？」

同じく料理をするセシリアから見ても、二人の料理が他人に比べて劣っているとは思えない。

だが、ウィルは料理の腕前とは全く違うところで悲嘆に暮れていた。

「うぃる、しってるもん！　れんもみーしゃも、いっぱいぴーまんさんいれてくるんだもん！」

「「「ピーマン……」」」

ウィルのピーマン嫌いはトルキス家の者達の知るところである。

基本的に厨房を預かるステラや好んで料理をするセシリアはその事に配慮して、入れる時でも一切れだけなど加減をしている。

しかし、たまに料理当番になるレンやミーシャはそういった配慮をしない。

「いつもならいっこなのに、さんこも……ああ……」

三倍である。

緑色のピーマンが三倍でも赤いパプリカになる事はない。

「あの子達が料理当番の時はいつもピーマンが安くなっているそうですよ」

「あはは……」

ステラの言葉にセシリアが苦笑いを浮かべる。

別に狙ってやっているわけではない。

トルキス家の家計を助けるセール品がウィルを助けないだけだ。

崩れ落ちたまま「あんまりだ……」と繰り返すウィルに相好を崩したマエルがほっほと笑った。

「ウィル様はピーマンがお嫌いですかな？」

「あいつはてきです！」

力強く拒絶するウィルに治療院の者達は面食らったが、思わず笑ってしまった。

「はいはい。ウィル、それくらいにして帰りますよ」

気恥ずかしくなったセシリアに促されて、ウィルがぱっ、と顔を上げる。

「そうだ！　いそいでかえればまにあうかも！」

そうと決まれば、とウィルがステラの背後に回って押し始めた。

「きゃっ⁉　ウィル様、お尻を押さないで下さいまし！」

「すてらさん、いそいでー！」

マエルを始め、治療院の者達は可笑しそうに笑いながら、セシリア達を急かすウィルの後ろ姿を見送った。

❖

日も暮れ、トルキス家の者達が食堂に集う頃、ウィルも自分専用の椅子に腰掛けていた。

悲壮感の漂うその顔をシローやセレナ、ニーナが不思議そうに眺める。

この場では唯一その理由を知るセシリアだけが困った笑顔を浮かべていた。

「まにあわなかった……」

帰ってきて厨房の様子を見たウィルが吐き出した呟きを思い出し、セシリアが思わず笑いそうになる。

ウィルは今、最後の審判を下される者のような様子でその時を待ち受けていた。

メイド達がワゴンを押して給仕に回る。

「はい、ウィル様～。お待たせしました～」

ミーシャが笑顔でウィルの前に食事を用意した。

クロッシュに覆われていて中身が見えない。

そのドーム型のクロッシュをウィルは緊張した面持ちで眺めていた。

これのなかに、やつが……みどりいろの、やつが……

そんな心の声が聞こえてきそうなウィルの表情とは裏腹にミーシャはいつも通りニコニコ顔だ。

「はい、どうぞ～♪」

ミーシャがクロッシュを退けるとできたての料理の湯気がふわりと立ち昇った。

緊張していたウィルが息を呑み、次いで目を見開き、最後に目を輝かせた。

「ふわぁぁぁ……」

興奮したウィルが思わず声を漏らす。

ウィル専用の子供用プレートにはウィルの大好物が散りばめられていた。

「どうですか～？　ウィル様～？」

クロッシュを下げたミーシャが小首を傾げる。

ウィルがミーシャを振り返り、すぐ近くに控えていたレンの方を振り返った。

「今日はお手伝い頑張りましたから。ご褒美です」

ウィルの視線に気付いたレンが微かな笑みを浮かべる。

ウィルは視線を目の前の夕飯に戻した。

何度見ても大好物の山だ。

ピーマンなんてどこにもない。

「お気に召しませんでしたか～？　ウィル様～？」

ミーシャの言葉にウィルがぶんぶんと首を横に振る。

手にスプーンを取ってこんもり盛られたオムライスを掬い取った。

「熱いですからね。気を付けて食べて下さい」

「んんー♪」

レンの注意にウィルがふーふー冷ましながら夕飯を口へ運んでいく。

その度にウィルは笑顔になった。

どこから食べても大好物。

ウィル、至福の時。

まさに宝石箱であった。

さいしょからぴーまんさんなんてなかったんやー！

そんな心の声が聞こえそうなほど、ウィルの表情は幸せに満ちあふれていた。

「美味しいですか～？　ウィル様～」

「おいひーです♪」

ミーシャに応えながら夢中になって食べるウィル。

その様子に家族が笑みを零し、使用人達も笑顔で見守っていた。


「おや……これはこれは」

賄いの時間になって使用人の休憩所にやってきたトマソンが美味しそうに湯気を立てる料理を見て目を細める。

トルキス家は使用人もしっかりとした食事を取る事を義務付けられている。

食卓には家人達と変わらぬ質の食事が用意されていた。

「ピーマンの肉詰めですよ～」

「ピーマンが安かったので……」

食事の用意をしていたミーシャとレンが交互に答える。

「それはいいんだけどさぁ……」

取り皿の用意を手伝っていたマイナは食卓を見て少しうんざりしたようにため息を吐いた。

「もう少しどーにかなんなかったの？」

メインも付け合わせもピーマン尽くしである。

「安かったんですよ、ピーマン」

「それはも～、いつも以上に～」

いくら安いといっても限度がある。

とても使用人だけで賄う量ではない気がする。

「「あははは……」」

事情を知るステラとエリスは愛想笑いを浮かべた。

「さぁ、温かいうちにどうぞ」

レンに促されてそれぞれが席につく。

ウィルは知らない。

その日に出される予定だったピーマンが使用人達によって内密に処理された事を。

第五章

発表会

episode.5

will sama ha
kyou mo mahou de
asondeimasu.

ある夜の事――

早くに仕事を終えたシローはウィルと風呂に入る事にした。

こうした親子での時間はなるべく取りたいというのがシローの考えである。

「とーさま、はなしがあります」

「んー？」

ウィルの体を洗っているとウィルがそんな風に言い出したのでシローはふと考えた。

「分かった。じゃあ、一回体流して湯に浸かろうか」

「あい」

成長著しいウィルからどんな話が聞けるのか、興味はあるが湯冷めしては敵わない。

シローはウィルを一通り洗い終えると湯をかけて泡を流し、ウィルと一緒に湯船に浸かった。

「なんだい、話って？」

シローが促すとウィルは神妙な顔つきで話し始めた。

「とーさま、うぃる、ぴくにっくにいきたいの」

「ピクニック……？」

ウィルの言葉を聞いてシローは首を傾げた。

最近、ウィルは手足を失った者達を治したいという一心で樹属性の回復魔法を頑張っている。

その延長線上に再生魔法があるのだから努力する方向性としては正しい。

だが、その修練を差し置いてどこへ行きたくなったというのか。

ひょっとして、怪我を負った者達の気分転換などを考えついたのだろうか。

「どこに行きたいんだ？」

王都のすぐ傍にある丘くらいなら魔獣も居らず、たまに遊んでいる子供を見かけるくらいだ。

ピクニックにはちょうどいい。

そんな風に思っていたシローにウィルは嬉々として答えた。

「せかいじゅ！」

思いがけない単語が飛び出して、シローは尻を滑らせて湯船に沈みそうになった。

「…………は？」

「とーさま、せかいじゅにぴくにっくいこう！」

「あー……」

ウィルが世界樹をどこで知ったのかは、まぁいい。

樹の精霊がいるであろうとされている場所なので、ウィルの努力と同じベクトルであるのも頷ける。

が、しかし。

「ウィル、世界樹がどこにあるか知ってるか？」

「ううん」

シローの質問にウィルは首を横に振った。

「世界樹はな、お隣の国の更にお隣の森の奥深くにあるんだ」

「とーい？」

「遠いな」

「おとまりかな？」

「今のウィルには無理だよ」

「そっかー……」

項垂れるウィルの頭をシローが撫でる。

「それにな、世界樹の周りはダンジョンに囲まれていて簡単にはたどり着けないんだ」

「だんじょん……？」

「ああ、世界樹の迷宮と呼ばれる難しいダンジョンだ」

世界樹の迷宮は数あるダンジョンの中でも最上級の難易度を誇る。

広大な森そのものが膨大な魔素を吸収して生まれたダンジョンだと言われていた。

高ランクの魔獣が巣食うそのダンジョンは意思を持っているかのように内部の形を変えて、冒険者を惑わせる。

「でも……まえるせんせーはとーさまがせかいじゅしってるってゆってた」

「父さん、世界樹の迷宮には入ったけど、途中で目的を達成して出てきちゃったからなぁ……世界樹までは行ってないんだ」

「そんときさいせーまほーもおしえてもらってきたらよかったのにぃ……もー」

「はっは。どの道、父さんじゃ再生魔法を覚えられないさ」

湯船で口をブクブクさせ始めたウィルにシローが笑みを浮かべた。

「慌てることはないよ、ウィル。今、ウィルにできる事をみんなにしてあげなさい」

「あい……」

背伸びしたところで実力以上の事はできないのだ。

シローはそれをよく分かっていた。

だから、いくらウィルに魔法の素養があっても強力な魔法を自ら準備するような真似はしない。

ウィルには順を追って強くなって欲しい。

「さぁ、ウィル。頭洗って上がっちゃおうか？　のぼせちゃうからさ」

「むぅ……」

先に湯船から上がるシローの後に続いてウィルが湯船から上がった。

そのまま、シローは洗い場へ。

ウィルは扉の方へ進む。

洗い場から離れようとするウィルに気付いたシローが振り向いた。

「ウィル、どこへ行くんだ？　まだ頭、洗ってないだろう？」

一瞬びくりと肩を震わせたウィルが半分だけ向き直る。

「とーさま、じゃ」

「じゃ、じゃないよ。綺麗にしとかないと女の子に嫌われるぞ？」

あからさまにため息をつくシロー。

動かないウィル。

言っても駄目だな、と判断して頭を掻いたシローが動き出すのと、ウィルが動き出したのはほぼ同時だった。

「とーさま、じゃ！」

「じゃ、じゃないって！　あっ、こら、逃げるな！」

パタパタ走って脱衣所に飛び出していくウィル。

「レーン！　ウィルが逃げたー！　捕まえてー！」

「いやー！　あたまあらうのいやー！」

半身を乗り出して声を上げるシローにウィルの悲鳴が重なる。

脱衣所の向こうからバタバタ駆け回る音が響く。

「ウィル様っ！」

「いやー！」

今日もトルキス家は賑やかであった。

◆

トルキス家の敷地内には母屋と離れの間に中庭がある。

普段は使用人達が体を動かす場として使われている為、土で整地されている。

庭の被害は中庭までは及んでおらず、日中のウィルやニーナは中庭で遊んでいた。

「うーん……」

中庭で剣のお稽古をしているニーナを遠目に見ながら、ウィルが唸るように声を漏らす。

「どうかされましたか？　ウィル様」

傍についていたレンに尋ねられ、ウィルが振り返る。

「うぃる、せかいじゅにいきたかったのになー」

「世界樹……？」

「せかいじゅにいけたら、きのせーれーさんにさいせーまほーおしえてもらえるのに」

ウィルの頭の中には教えを断られるという可能性はないらしい。

この辺りは本当に純粋な子供だ。

「慌てる事はありませんよ、ウィル様。ウィル様にできる事をみんなにしてあげたらよろしいのです」

魔法を見た端から覚えてしまえるウィルは自分の知りたい魔法を追い求める傾向に陥りやすい。

だが、魔法は覚えれば簡単に使いこなせるような類のものではない。

ウィルは類稀なる才能で魔法を使用しているが、それは効率よく魔法を使っている者の真似をする事で自身も使用可能にしているだけである。

その魔法を鍛え上げていく為にはやはり基礎から学んでいくべきなのだ。

逆に言えば、段階を踏んで強化された魔法とウィルの能力が合わされば、どれ程の使い手になるか。

一流の冒険者だったシローやレンにも計り知れない。

内心でそんな思いを抱くレンの顔を見ていたウィルがプクリと頬を膨らませた。

「れんもとーさまとおんなじこという……」

「……ん」

ぷいっ、と視線をニーナの方へ向けてしまったウィルは、微かに複雑な顔をしたレンに気付かなかった。

気付かないまま、剣を振るニーナをぼんやり見つめる。

「うぃるにできることってなんだろー？」

ウィルはまた考え始めた。

「……ウィル様は今、どんな魔法が使えるのですか？」

レンの質問はいずれ明確にしておきたいと思っていた事だ。

色んな魔法を見たウィルだが、実はその全てを記憶に留めていたわけではないらしい。

「えーっと……」

指折り数え始めるウィル。

「かぜのやりでしょー、かぜのあめでしょー、ぶらうんのまほーでしょー、あとはねー」

いくつかの基本魔法、速度補助の風魔法に霧の分身魔法、樹の回復魔法、空の伝達魔法に土の生成魔法。

（ホント……デタラメですね、ウィル様）

ウィルの言葉を聞きながら、レンは胸中で呆れたようにため息をついた。

世界広しといえど、こんなデタラメな魔法の覚え方をしている人間は他にいないだろう。

（ウィル様の為、本格的に魔法を修練する場を設けた方がいいのかも……）

少なくとも、基礎魔法の反復練習ぐらいは行った方がいいように思う。

使えなくはないのだろうが、基礎あっての応用である。

「……ウィル様？」

黙り込んでしまったウィルをレンが横から覗き込む。

ウィルは黙ったまま、一人ホクホクした笑顔を浮かべていた。

（ごーれむさんはよかった……）

大きなゴーレムをシャークティの力を借りて作り、思うままに操った。

悪い魔獣もやっつけて、とても楽しかった。

ウィル一人ではまだ大きなゴーレムを作り出すことはできないが、あれを一人で作れるようになる事も目標の一つだ。

（そーいえばー……）

ゴーレムは手を飛ばしたり、飛ばした手を新しく作り直したり、形を変化させたりできた。

土の魔法なら何かできるかもしれない。

例えば新しい手を作る、とか。

「ウィル様？」

再度声を掛けられてウィルはやっと呼ばれている事に気がついた。

前を見るとニーナのお稽古が一区切りついたのか、こちらに引き返して来ていた。

(あとでしゃーくてぃにきいてみよっと……)

先程考えていた事を胸の奥に仕舞い込んで、ウィルが立ち上がる。

「さぁ、次はウィル様の番ですよ」

「またへんなおどりー?」

「変な、ではありませんし、踊りとも少し違いますよ」

ウィルの年の頃ならば庭を駆け回っても十分運動になるのだが、中庭では少し狭い。

なのでレンはこれを機に、ウィルに武術の基本となる型を遊びと称して教え込んでいた。

「ニーナ様もウィル様も、型を一つ覚えましたから今度は魔法も交えてやってみましょう」

レンの言葉に反応してウィルがバッ、と振り返る。

魔法と聞いて興味津々になったウィルの表情にレンとニーナ、ニーナに付き添っていたアイカが顔を見合わせて笑みを浮かべる。

「なんのまほー?」

「基礎魔法ですよ」

基本の魔法と聞いてもウィルの目は興味を失っていない。

そのことを確認したレンは少し離れて両手を前に出した。

「来たれ精霊。力を持ちて我が手に宿せ」

レンが静かだが、分かりやすくはっきりした口調で唱えるとレンの手が魔力の光で包まれた。

その様を見ていたニーナとウィルが感嘆の息を漏らす。

ウィルもポイズンスパイダーと戦った時にそれと知らず使用した事があるが、それとは比べ物にならない程魔力が淀み無く流れていた。

「きれいだ……」

魔力の有り様を目で見てポツリと呟くウィルに、どこか照れ臭さを覚えたレンは微かにはにかんだ。

「支援魔法の基礎です。この魔法は自分の武器に宿してその能力を高める魔法ですね。近接戦闘においてはブースト系の魔法とセットで使われますが、先ずはここまで」

この二種類の魔法は同時に使用されるが、慣れない内はどちらかが疎かになりやすい。

なので最初は分けて覚えるのだ。

「魔法は一回の発動でなるべく長く、型は一つ一つゆっくり丁寧に心がけて下さい」

「はい！」

「あい！」

レンの指導の下、ウィルとニーナは覚えたての型を真剣に繰り返した。

◆

アジャンタとシャークティがトルキス家を訪れたのは昼食を終えた後だった。

「やさしいさんとつんつんさんもきてくれたのー？」

《やさしいさん？》
《つんつんさん？》
優し気な風の精霊とツンツン頭の風の精霊が自分を指差して聞き返す。
ウィルはコクコクと頷いた。
「そー。あじゃんたとしゃーくてぃがせーれーさんはおなまえおしえてくれないってー」
ウィルの言葉を聞いて男の子の精霊達は顔を見合わせ、それからアジャンタとシャークティに視線を送った。
視線を逸らして頬を赤らめる二人に対し、男の子達はまた顔を見合わせて笑った。
《ウィル、僕の名前はカシルだよ》
《俺の名前はシュウだぜ》
いきなり名乗った二人にウィルが目を見開いた。
それからバッ、とアジャンタとシャークティに向き直る。
《ちょっと、それ！　愛称じゃない！》
抗議するアジャンタに優し気な風の精霊――カシルが肩を竦めてみせた。
《ウィルは友達だよ。名乗って当然じゃないか》
《そーそー。むしろいきなり真名を教えてるそっちの方がどうかしてる》
《うっ……》
同属性の精霊達に言い負かされて、アジャンタが口を噤む。

だが、アジャンタにしてもしょうがなかったのだ。

ウィルが知らなかった事とはいえ、プロポーズされた後では愛称ではぐらかす気にもなれなかった。

シャークティも同じような気持ちだろう。

そんなアジャンタとシャークティを背にウィルは両手を広げてカシルとシュウを見上げた。

「だめ！」

《《…………？》》

ウィルの様子にカシルとシュウが首を傾げる。

庇うように立ったウィルが声を荒げた。

「あじゃんたとしゃーくてぃをいじめちゃ、だめ！」

《ウィル、別に私達、いじめられてるわけじゃ……》

誤解を解こうとするシャークティを肩越しに振り返り、ウィルは断言する。

「だいじょうぶ！　うぃるがあじゃんたもしゃーくてぃもまもるから！」

《あ、はい……》

キリッと凛々しい表情を浮かべるウィルにシャークティは頬を染めて引き下がった。

それが間違いだった。

忙しなくカシルとシュウに向き直ったウィルが続ける。

「あじゃんたもしゃーくてぃもとくべつなの！　うぃるはせーれーおーになるんだから！」

《《あっ……》》

《えっ……？》

精霊達が沈黙する。

精霊を娶った人間【精霊王】になると発言したウィル。

そのウィルに真名を教えた精霊の少女達。

それの意味するところをたっぷり三秒反芻して。

《ええええええええっ⁉》

《《えええええええええっ⁉》》

いつの間にいたのか、絶叫したカシルとシュウの周りから土や風の精霊達が多数飛び出してきた。

《えっ⁉　マジ⁉　これってそういう事⁉》

《やっ！　違うの！　ウィルはよく分かってなくて……！》

《シャークティ、おめでとう！》

《あうあう……》

《アジャンタ、真っ赤！　あははははは！》

《みんなに教えてあげなきゃ！》

《《教えなくていいから！》》

「なんですか？　騒々しい……」

ウィルの様子を見に戻ってきたレンは中庭の様子にポカンとした。

ウィル達を中心に騒ぎ立てる精霊達。

トルキス家は今や精霊達が好きに訪れる無法地帯と化していた。
《手を作る魔法……?》
ひと騒動あった後、ウィルがシャークティに尋ねると彼女は首を傾げた。
「そう! おててだけつくるの! ごーれむさんみたいに!」
《ああ、なるほど……》
シャークティもウィルが怪我で手足を失ってしまった人を気に掛けていると知っている。
だが、【ゴーレム生成】はあれで一つの完成形だ。
該当する魔法はなく、シャークティは首を横に振った。
《ないわね……》
「ないかー……」
シャークティの返答にウィルががっくり項垂れる。
《ないかもしれないけど、作れなくはないんじゃない?》
カシルの提案にウィルが顔を上げた。
「つくる……?」
《新しい魔法を、だよ》
意味がよく分からないのか、ウィルが目をぱちくりさせる。
《ウィル、精霊は新しい魔法を作る事ができるんだぜ》

「ほんと⁉」

シュウが説明すると理解したウィルが目を輝かせた。

《ああ、本当だ。ウィルの思う魔法になるかどうかは分かんねーけど》

《そうね。まずは形にしてみるといいんじゃないかな？》

アジャンタも頷いて視線をシャークティに向ける。

「うぃる、やってみたい！　いいでしょ、しゃーくてぃ！」

向き直ったウィルがキラキラした目でシャークティを見上げた。

手足を失った人達にやっと何かしてあげられるかもしれない。

そんな気持ちがウィルのやる気に火を注いだ。

そんなウィルの真剣な眼差しにシャークティが笑みを浮かべた。

《分かったわ、ウィル。やってみましょう……》

「やった！」

「ウィルー？　何してるのー？」

様子を見にきたニーナにウィルが手招きする。

「にーなねーさま、まほうつくるのー！」

「…………？」

なんの事か分かっていないニーナを加え、ウィル達は早速新しい魔法の制作に取り掛かった。

《腕は土で作るとして……量はそれほど多くないから魔素だけで十分作れると思うけど……》

《支えるには空属性の魔法も必要かな？》
《そうね……後、意思を伝える為に樹属性の核が必要かしら……》
カシルと話しながらシャークティが適当な枝を拾って地面に腕の絵を描いていく。
「合成魔法……？」
絵を覗き込みながらニーナが尋ねるとシャークティが頷いた。
「でも、くーのせーれーさんもきのせーれーさんもいないよー？」
《そうだね。そこはウィルの頑張りかな》
「…………？」
ニコリと微笑むカシルにウィルが首を傾げる。
《本当は他の精霊に手伝ってもらうのが一番いいんだけど、今はいないから……ウィルが代わりにやるんだ》
《魔力の誘導は精霊達でするから、お手伝いしてね……ウィル》
カシルとシャークティにお願いされて理解したウィルが力強く頷いた。
「わかりました！」
《じゃあ、始めるわね……》
地面に手をかざしたシャークティがゆっくり魔力を込め始め、ウィル達の魔法作りが始まった。

「ただいま帰りました。お母様」

「あら、早かったのね」

帰宅後、そのままリビングに姿を現したセレナはキョロキョロと周りを見回した。

いつもなら帰ってくるなり特訓だ修練だと駆け寄ってくる弟と妹の姿が見当たらない。

「ウィルとニーナはどちらに……？」

「中庭で精霊様達と遊んでるみたいよ」

精霊は滅多な事で人前に姿を現さない筈だが、トルキス家では居て当たり前の存在になりつつある。

「もうすぐお菓子が焼ける頃だから、あなたも行って呼んできてちょうだい」

「分かりました」

セレナは快く応えると、自室に荷物を置いて中庭へ出た。

「ウィル、ニーナ、何してるの？」

「あ、セレナお姉様、お帰りなさい！」

「うぃる、せーれーさんたちとおててつくってるのー」

「おてて？」

セレナがウィルの指差す先を覗き込んでギョッとした。

中庭の土が盛り上がり、精巧な腕の形になっていた。

子供が適当に作ったようなものではない。

よく見ればグロテスクですらある。

「う、腕……？」

「もーすぐできそーなのー」

「よく分からないけど、もうすぐおやつの時間よ？」

「「おやつ!?」」

セレナの言葉にウィルを始め、全員が振り返った。

期待に目を輝かせるウィル達にセレナが困った笑みを浮かべる。

単純にお菓子の量が足りるだろうか、と。

「ウィル、ニーナ、みんなと手を洗ってきてね」

「「はーい！」」

お菓子お菓子と連呼しながら手洗いに向かうウィル達を見送って、セレナは慌ててリビングに引き返していった。

◆

「お帰りなさい、シロー様」

「ただいまです、ジョンさん」

シローが出迎えてくれた門番のジョンに軽く会釈をする。

その脇を通り過ぎようとした時、中庭の方から歓声が上がった。

何事かとシローがジョンに視線を向けるが、ジョンもよく分からないらしく、肩を竦めて応えた。

シローは玄関から入らず、回り込んで中庭の方へ進んだ。

「なにが……」

シローが顔を覗かせると、そこには喜び合うウィルと精霊達の姿があった。

「ウィル？」

「あ、とーさま！　おかえりなさーい！」

シローに気付いたウィルがパタパタと駆け寄ってシローへ飛びつく。

《《こんばんわー！》》

「こんばんわ、精霊様」

シローがウィルを受け止めて、挨拶してくる精霊達に応える。

そんなシローの服をウィルが引っ張った。

「とーさま、あのねあのね！」

「どうした、ウィル？　さっき歓声が聞こえたぞ？」

「うぃる、せーれーさんにてつだってもらって、いわれたようにできたよ！」

「…………？」

ウィルの言ってることが理解できずにシローは首を傾げた。

何か言っただろうか、と。

「だから、はっぴょーかいをします！」

「はぁ……」

鼻息を荒くするウィルにシローが曖昧に頷く。

まぁ、何かを見せてくれるという事だけは理解できた。

「とーさまはみんなをよんできて！」

「ん……分かった」

シローは頷くと、ウィルの頭を軽く一撫でし、そのまま家の中へ入った。

「ただいま、セシリアさん、トマソンさん」

「お帰りなさいませ、シロー様」

シローがリビングにいたセシリアとトマソンに帰宅を告げると、セシリアが笑顔で出迎えてくれた。

その表情に癒やされて、シローの頬も綻ぶ。

セシリアの笑顔を堪能したシローは視線をトマソンへと向けた。

「トマソンさん、すみません。みんなを中庭へ集めてもらえませんか？　ウィルが何かをみんなに見せたいそうなんです」

「はっ、かしこまりました。少々お待ち下さいませ」

トマソンが頭を下げてすぐに動き出した。

「じゃあ、俺達も……」

「はい」

シローがセシリアの手を取って中庭へと向かう。

トルキス家の家族や使用人達が次々と中庭に集まってきた。

「ウィル、みんな集まったよ？」

「はい！」

全員の集合を確認したシローが向かい合うウィルに声をかけると、ウィルは元気よく手を上げて返事をし、みんなの前に進み出た。

「うぃる、あたらしいまほーおぼえたの！　みんなみててね、いーい？　いくよ？」

ウィルが一方的にそう告げて手にした杖を振り上げる。

新しい魔法と聞いて、使用人達が僅かに身構えた。

もしウィルが魔法の行使に失敗したら、すぐに動き出さなければならない事態に陥るかもしれないからだ。

詳細を知らないシローも自然体でありながら、いつでも動き出せる準備をした。

そんな見守る人達の前で、ウィルの弾んだ声が響く。

「きたれ、つちのせいれいさん！　だいちのかいな、われをたすけよつちくれのふくわん！」

解き放たれた魔力が魔素と結びつき、ウィルを囲むように三対六本の土の腕が形成される。

ウィルの腕を模した小さなそれは宙に留まり、手を握ったり開いたり、あるいは力こぶを作ってみせたりした。

魔法の成功に見守っていた精霊達から歓声が上がる。

一方、魔法の内容を見たシロー達はポカンとしてしまった。

「えーっと、なんと申しますか……」

小さな腕だけが宙に浮かぶ絵面はなんというか、シュールだ。

ポツリと呟いたエリスは思った事を胸に仕舞い込んで、違う感想を口にした。

「エリスは見た事も聞いた事もない魔法ですよ、ウィル様？」

「でしょー？　そうでしょー？」

勿体ぶってクネクネするウィル。

「しゃーくてぃにきいてもおててつくるまほーない、って。だからうぃる、せーれーさんたちにてつだってもらってあたらしくつくったの！」

「「「…………は？」」」

ウィルの言っている意味を理解するのに数秒要した使用人達が、たっぷり間を開けてから疑問符を浮かべた。

なかったら作る。

道理とも言えるウィルの発言だが、作ってしまったのが魔法ではいささか意味合いが違ってくる。

「え？　ええ？　魔法って作れるんですか？」

困惑気味なメイドのアイカにレンは真顔で答えた。

「作れますよ」

レンは今日一日ウィルの傍にいて、その工程を見守っていた。

黙って見守っていたのはレン自身、魔法が新しく作れるという事を知っていて、それがウィルに害を及ぼすものではないと判断したからに他ならない。

「簡単な事ではありませんが、精霊様のお力添えがあれば。そうですよね、シャークティ様？」

レンに話を向けられたシャークティが頷いて返す。

《はい。私達が作った魔法が人間に伝わり、人間達の魔法となっているわけですから……精霊ならば新しく魔法を作る事も可能です。ただ……》

前置いたシャークティがウィルの魔法を見上げて続けた。

《新しく作った魔法はまだ世界に定着していません……それに形は出来上がりましたが、まだまだ改善の余地を多く残している状態です……完成とは言い難いです》

「完成させるにはどうしたらいいですか？」

《それには、世界に定着するようにウィルが魔法として使い続ける事と、今回居合わせなかった空属性の精霊や樹属性の精霊にも見てもらって魔法を最適化してもらう事が必要です……》

黙ってレンとシャークティのやり取りを聞いていたシローは顎に手を当てて唸った。

無いものを作り出してしまったウィルには驚くばかりだが、手足を失った者達の為に自分のできる事を最大限考えて出したウィルの答えである。

父として、その頑張りには応えてやりたい。

「ウィル」

「なーに、とーさま？」

ウィルの前で膝を突いて顔を覗き込んだシローをウィルが真っ直ぐ見返してくる。

ウィルの魔法はまだ未完成だ。

このままでは、まだウィルの思う用途では使えまい。

だが、シローには一つ心当たりがあった。

「近い内に、お父さんの友達が遊びに来る予定なんだけど……魔法を見てもらうか？」

「とーさまのともだちー？」

「そうだ。ひょっとしたら、その手を作る魔法のアドバイスを貰えるかもしれないぞ？」

「ほんとー!?」

シローの言葉にウィルが目を輝かせる。

どうやらウィルもまだまだ魔法の出来に満足していないようだ。

「みてもらうー！　はっぴょーかいします！」

両手を上げて喜ぶウィルの頭をシローは笑顔で撫でた。

《了》

特別収録

TenRankers 01 武器を求めて

original episode

will sama ha
kyou mo mahou de
asondeimasu.

青空の下――

手甲に打ち抜かれたオーガが闇色の炎に包まれて絶叫した。二歩三歩とよろめき、力尽きて崩れ落ちる。

その前に立つ細身の少女は油断せず、構え直して残りのオーガに視線を向けた。仲間を倒されたオーガの群れが怒りの咆哮を上げて少女に襲い掛かる。

「……フッ」

掴みかかってくるオーガの腕を捌き、側面に回り込んだ少女が流れるような動きでそのわき腹に掌打を放つ。明らかに体格差のあるオーガの体が浮き、その全身を闇色の炎がまた染め上げた。

「シィッ――」

少女が華奢な体躯に見合わず、次々とオーガをねじ伏せていく。

魔獣に分類されるオーガに大した知能はない。なぜ自分達が手玉に取られているのか、理解できぬまま戦い挑み、その命を散らしていく。

オーガが全滅するまでそれほど時間はかからなかった。

「ふぅ……」

乱れた呼吸と高まった魔力を鎮めるように少女が息を吐く。それほど疲弊していなかった少女の息はすぐに整った。

「………?」

ふと、違和感を覚えた少女が自分の手甲に視線を向けて眉根を寄せる。手甲の打突面がひび割れていた。これではもう武器としては使えない。

少女は小さく嘆息すると踵を返し、木にもたれかかる少年の方へと歩き始めた。


少女の様子を離れて見ていた少年が樹に預けていた体を起こす。

少女よりか年上だが、まだあどけなさを残した顔に少し大きめの鼻。背は高くも低くもなく、しかし組んだ腕はしっかりと鍛え上げられていて背筋は一直線に伸びていた。

「終わったか、レン」

少年の問いかけに少女――レンが頷く。彼女は顔色一つ変えずに手甲を少年の前に持ち上げた。

「師匠……壊れた……」

「またかよ……」

呆れたように嘆息した少年が髪を掻きむしる。レンの手甲が壊れてしまったのはこれが初めてではない。彼女が戦闘に参加するようになってからは、ほぼ毎回だ。しかも留具が外れたとか覆いが剥がれたとか、一般的な破損ではない。一番強固に作られている筈の打突面が割れるのである。

どんな使い方をしても新品がこんな壊れ方はしない。

「まぁ、壊れちまったのは仕方ない」

少年は切り替えてレンに手を降ろさせた。

「レン、魔獣から素材を回収しろ。討伐証明も忘れずにな」

「分かった……」

少年の指示にレンが頷く。それから辺りをキョロキョロと見回した。

「どうした？」

レンの様子を不思議に思い、少年が首を傾げる。

レンは一通り辺りを見渡すと少年に向き直った。

「シローは……？」

本来居るべき仲間の姿が見えず、レンが首を傾げる。

少年は親指を立てて横を指さした。その先は森になっている。

「飯を取りに行った。ついでに森の中の調査だな」

今回受けた依頼は街道に出没するようになったオーガの討伐依頼だ。何件か商隊が被害に遭っていた。

その依頼内容に森への調査は含まれていない。だが街道は森に近く、もしオーガが街道近くに集落を作っていると大変危険である為、シローが調べに向かったのだ。

「…………」

素材回収を手伝ってもらおうと思っていたレンは諦めたのか、小さく息を吐いてオーガの亡骸の方へ引き返そうとした。

そのタイミングで森の中から少年が姿を現す。手には兎の魔獣をぶら下げており、少年はレンの視線に気づくとプラプラと手を振った。

「レン、ロン、終わったか」

「終わった……」

レンが頷いて返すとシローは笑みを浮かべて兎をロンと呼ばれた少年に手渡した。

「ほい、昼飯」

「え？　俺が捌くのか？」

「どうせお前は修行だ、とか言ってレンを手伝ってやらねぇだろ？」

図星を刺されたロンが頬を膨らませて兎の魔獣を預かる。特に何を言うわけでもなく彼はそのまま昼飯の支度を始めた。

そんな相棒の背中を見送っていたシローに向けてレンが手甲を掲げて見せる。

「シロー、壊れた……」

「またか……ってか、やっぱダメだったか」

「ダメだった……」

シローが頭を掻くとシローの下げた刀から緑光が溢れ、成熟した狼が姿を現した。

「一片」

「ふむ……」

緑色の毛並みの狼がレンの手甲を見て唸る。

「おそらく、小娘の魔力に金属が耐え切れなかったのであろうな」

レンの持つ加護は火と闇なのだが、いくら闇の加護が強くても炎が闇色に染まる事はない。

その特殊な魔力に一般の物は耐え切れないのではないか、というのが風の幻獣である風の一片の見立てだ。

一片の評価を黙って聞いていたレンの頭をシローがポンポンと撫でる。

「そんな顔すんな、レン。きっとすぐに解決するさ」

「……うん」

正直、レンの無表情はいつもと大差ない。しかしシローは微妙な雰囲気の変化でレンが少し落ち込んでいると気付いたのだ。

「ほらほら、早く集めちまえよ」

背後からロンの急かす声が響いてきて、笑みを浮かべたシローはレンを伴ってオーガの素材採集に向かった。

◆

冒険者ギルド発行の依頼には報告義務がある。街道沿いの討伐依頼などは報告場所の指定が街道と繋がっている複数のギルド支部に跨がっていることもあり、旅をしている冒険者などは移動のついでに依頼をこなす者も多い。

旅路を行く【大空の渡り鳥】シロー、レン、ロンの三人はレンの武器事情もあり、依頼をこなしながらとある村を目指していた。その村は特殊な金属の名産地で問題解決の糸口になるであろうという判断からであった。

「ええー!?　なんでだよ!」

「ごめんね、ヤーム君……」

　申し訳なさそうな笑みを浮かべたギルドの受付嬢の前で短髪の少年がガックリと肩を落とす。何事かと近くにいた冒険者達は振り向いたが少年の装備を見て納得した。少年が槍を携え、背にピッケルを背負っていたからだ。

　その出で立ちから、彼が鉱石を求めていて採掘地点への入場を断られたのだとすぐに察した。周りには彼と同じ目的で同じように足止めを食らっている冒険者が多数存在していたのだ。

「現在、アルニア洞穴近辺で確認された大型の魔獣の影響で緊急の討伐依頼が発令されています。洞穴の入場はできません」

「それは困りましたね……」

　ヤームの横では同じく入場を断られたローブの少年が唸っていた。柔らかそうな髪に綺麗な肌、優しい目元の美少年で油断すると女の子に見間違えそうである。

「あんたもか……?」

「はい。眺めがとても美しいと噂のアルニア洞穴を一目見ようと……」

　ヤームに促された少年がにっこり笑みを浮かべるとそれを見たヤームやギルドの受付嬢、はては身近な冒険者達まで息を呑んだ。それほど少年の顔立ちは魅力的だったのだ。

　それを外様で見ていた一部の冒険者から野次が飛ぶ。

「わっはっは！　坊主達は帰ってママのミルクでも飲んでな！」

「お互いのミルクでもいいんじゃねーか？　ギルドのお姉さん達のネタにしてもらえるぞ！」

「そりゃいいや！」

その冒険者達も鉱石掘りが目当てであったようだが足止めを喰らい、昼間から酒を煽っているようだ。傍目にもガラが悪く、無用な争いを避ける為か他の冒険者も距離を置いていた。

「んだと、この野郎！　お姉さん達に謝れよ！」

「いいのよ、ヤーム君！　私達の事は……！」

ギルドの受付嬢と知己であるヤームは男達の言葉が許せなかったのか腕を捲くって男達に歩み寄る。

慌てて止めに入ろうとする受付嬢だったが、その進路に一緒にいた少年が割り込んできた。

「私も心外です」

ヤームほど怒ってなさそうだが、幾分トーンを落とした少年がヤームに歩み寄る。

「んだ、このガキャあ！　こっちは儲けの邪魔されて機嫌が悪りぃんだ！」

「はっ！　どうせ大した目利きもできねぇエセ採掘士だろうが！　調子にのんじゃねぇよ！」

「言いやがったな、このガキ！　表へ出ろ！」

「ちょっと、止めなさい！　止めて！」

ギルド内が騒がしくなる。受付嬢の静止も聞かず、当事者達に続いて他の冒険者達も外へ出ていく。

足止めを喰らい、退屈した冒険者達には良い余興だったのかもしれない。

「何だありゃ……」

シロー達が村に到着すると人垣ができていた。どうやら冒険者ギルドの前らしく道が塞がっている。

「邪魔……」

冒険者ギルドに用があるシロー達からしてみれば通行の妨げであった。レンが端的に人垣を評価する。

人垣は野次馬らしく対峙する人間を煽っていた。

「どれどれ……」

ロンが人垣を割って中を覗き込むと既に何人か倒れていた。どうやら一戦やらかした後のようだ。

奥側に少年が二人、倒れた人間を挟んで手前に男が五人ほど身構えている。数的には男達の方が有利だが、先制してやられたのは男達のようである。

「邪魔……」

「レン、余計な事に首突っ込むなよ。そうでなくても、お前は――」

「なんだ、ガキ！　奴らの仲間か!?」

「邪魔……」

ロンの忠告は男とレンのやり取り、その後に響いた鈍い音に遮られた。

ロンが深々と嘆息してレンの方へ視線を向ける。そこには気絶した男を片手にぶら下げてレンに丁寧な説明をするシローの姿があった。

「レン。相手を気絶させるにしても、もっと素早くスマートにやらなくちゃいけない」

「覚えた……」

「このバカ兄妹！」

拳で男を黙らせたレンと手刀で男の意識を刈り取ったシロー。いきなりの乱入者に二人の少年は呆気にとられ、男の仲間達がいきり立つ。

「何なんだ、お前らは！」

男の一人が腰の剣の柄に手を掛けた。

「そりゃ、ご法度だぜ」

「なっ……！　いつの間に!?」

引き抜こうとした剣の束をロンに押さえられ、男が驚愕する。いつの間に懐に入られたのか、男は気付いていなかった。

「酒クセェな……飲んで暴れるとか、ダメ冒険者にも程があるぜ」

「なんだとっ!?」

残った男達がロンの指摘に憤慨し、掴みかかる。

その手を掻い潜ったロンは素早く拳を繰り出して次々と男達の顎を打ち抜いた。

グラリとよろめいた男達が同時に崩れ落ちる。

「どうせなら、この位はやってもらいたいね」

「「おおー」」

パンパンと手を払うロンに対し、シローとレンが拍手を送る。

あっという間に男達をのしてしまったシロー達に対峙していた少年達は絶句して顔を見合わせていた。


暴れていた男達をギルド職員に任せたシロー達はこの村の鍛冶師の息子だというヤームの案内でその工房に赴いた。一緒に絡まれていたカルツという少年も一緒だ。

「こりゃあ、また……」

レンの手甲を見たヤームの父親が顎に手を当てて唸る。

「俺も見せて貰ったけど、魔鉱石で造るしかねぇんじゃないか」

「だなぁ……」

普通の素材ではお手上げだろう、というのが彼らの結論のようだ。

「魔鉱石で造ればレンの魔力に耐えられるんですか？」

「というか、それしかねぇな」

シローの質問にヤームの父親が頷く。魔鉱石というのは魔力を帯びた特殊な金属で武器に加工すると使用者の魔力を糧に成長していくそうだ。使えば使うほど使用者の魔力に馴染み、魔力の伝達効率が良くなり、消耗しにくくなる。その特質から値は張るが、専用の武器として求める者が跡を絶たないとか。

だが、魔鉱石の武器ならレンの武器問題は解決しそうだった。

「良かったな、レン」

「良かった……」

シローがレンの頭を撫でるとレンも安堵したのか頷いてみせた。表情はあまり変わらなかったが。

「でもなぁ……」

ヤームの父親の工房では、ちょうど魔鉱石の在庫を切らしてしまっているらしい。ヤームが仕入れに行こうとしたが、採掘場所に魔獣が出現して討伐依頼が組まれているそうだ。そのせいで採掘場所は進入禁止。集まった冒険者は採集をメインにしている者ばかりで直ぐに討伐に乗り出せない。そこにあの騒ぎ、というわけだ。

「シロー……」

「分かってる」

見上げてくるレンにシローが笑顔で応える。それからシローはヤームの父親に向き直った。

「俺達が魔獣を討伐したらレンの手甲を打ってくれますか？」

「そりゃ構わねぇが……」

「おいおい、討伐依頼の推奨ランク6だぞ？　お前らいくつだよ？」

ヤームが呆れた顔をするのは当然だ。シロー達はどう見ても若手で、ギルドの中堅ランクの依頼をこなせるようには見えない。

「6だよ」

「6だ」

「5……」

「6です」

「マジかよ……」

シロー、ロン、レン、それに今まで黙って話を聞いていたカルツが次々とギルドカードを提示してヤームがポカンと口を開ける。

その様子を見ていたヤームの父親は思わず大笑いした。

「わっはっは！　大したもんだ！　分かった。無事依頼を達成して高純度の魔鉱石を手に入れられたら引き受けてやるよ」

「よし、決まりだ」

ヤームの父親から色よい返事を聞けたロンが腰を上げる。

「とりあえず、今日の内に依頼だけ抑えておいて明日の朝出発しよう」

「そうだな……」

ロンの提案にシローが頷く。

ヤームとカルツをパーティーに加えたシロー達は討伐依頼を受注して、その日の内に打ち合わせを済ませた。

翌朝、シロー達はヤームの案内でアルニア洞穴へと続く森に入った。

この森は元々は大した魔獣もおらず、低ランクでも侵入可能で魔鉱石の産地としては有名だ。

ただし、規模は街に近い洞穴よりも小さく採取量に制限もある為、冒険者が儲けるには心許ない。

腕のいい鍛冶師が素材も自分で目利きして生活していくのにちょうどいい場所、というのが周りからの評価だ。

「洞穴も村から近いからな……」

ヤームの先導で目的の場所にはすぐに辿り着いた。窪地にぽっかりと大きな穴が開いており、ここから入れるようだ。確かに村と洞穴の距離は近い。正体不明の魔獣が村に出て暴れる危険性も考えると討伐は急務だろう。

「流石に誰もいないな……」

封鎖されているから当たり前なのだが、ロンがポツリと呟く。人の気配を感じず、魔獣の姿もない。

それがかえって不気味だ。

「降りるぞ」

「待て」

「待って下さい」

入り口に降りようとするヤームをシローとカルツが慌てて止める。

「「何かいる」」

口を揃えたシローとカルツがお互いの顔を見て苦笑いを浮かべた。

「いつまでも化かし合っていてもしょうがあるまい」

「だよなー」

シローの魔刀から一片が姿を見せると、それに合わせて空属性の精霊が姿を現した。精霊はカルツと契約している精霊で名をスートだと名乗った。

幻獣や精霊などは滅多に見られる存在ではなく、契約者は秘匿している事が多い。しかし、契約している者同士だとその気配を察する事ができる。シローもカルツもお互いが契約者である事を最初から感じ取っていた。

そして、契約者は周辺の気配にも敏感だ。姿が見えなくても二人は魔獣の気配を察していたというわけだ。

知らされていなかったレンとロン、どちらも初めて見るヤームは精霊と幻獣に挟まれてポカンとしていた。

「入り口から死角になるところだな」

「まだ、姿を見られてはおらぬようだな」

現在の状況を確認し合うスートと一片の言葉にカルツが思考を巡らす。

「とりあえず誘《おび》き出しましょう。魔獣の姿が見えない事には……」

「それもそうだ」

同意したロンが身近にあった石を拾い上げて洞穴の入り口に放り投げる。地面に落ちた石の音に反応した魔獣が洞穴から這い出してきた。

「ロックリザードかよ……」

巨大なトカゲを見てヤームが忌々しげに吐き捨てる。その理由はロックリザードの体表を見れば簡単に理解できた。

ロックリザードは食した鉱石を高純度に変換し、体表を覆う特性がある。魔鉱石を食したロックリザードの皮膚は高純度の魔鉱石で覆われており、物理にも魔法にも強い魔獣に変化していた。

「厄介だな……」

「ラッキーだな」

ヤームの意見と全く反対の意見をロンが口にする。ヤームは手甲の位置を正すロンに呆れたような視線を向けた。

「なんでだよ。刃も魔法も通らないんだぞ？」

「俺には関係ないんだな、これが」

ロンがロックリザードに気付かれないように位置を調整する。大方位置を整えたロンがカルツに視線を向けた。

「アイツの動きを止めれるか？」

「長時間は無理ですよ？」

「上等」

ロンがカルツとやり取りして身構える。カルツもすぐに援護の態勢を取った。

「正気かよ……」

魔鉱石を取り込んだロックリザードは上級冒険者の討伐対象だ。５や６の冒険者パーティーで相手をできるような魔獣ではない。撤退して対策を練るのが常套手段だ。それが分かっているからヤームは討伐に乗り出すロン達の心配をし、シロー達に視線を投げかけた。

しかしシローとレンに気にした様子はない。

「任せとけばいいさ」

「師匠、強い……」

「だからって……」

結局、見守る態勢に入るヤーム。

ロンとカルツがタイミングを計り、ロンがロックリザードの頭上に跳躍した。タイミングを合わせてカルツが魔法でロックリザードを拘束する。突然魔法をかけられたロックリザードは驚いて盛大に暴れたがすぐに拘束を逃れることはできなかった。

「はぁっ！」

落下したロンがロックリザードの脳天に魔力を込めた掌底を叩き込む。衝撃が表面を突き抜けて内部へ浸透し、体内で荒れ狂う。痙攣したロックリザードはそのまま息絶えた。

「すげぇ……」

いとも簡単に仕留めてしまったロンにヤームが絶句する。

「本来なら感づかれてなかなか一発で決まらないが……あんた、いい腕だな」

「それほどでも」

ロンが評価するとカルツが笑みを浮かべて賛辞を受け取った。

巨大なロックリザードであるが、マジックバックを所有するシロー達は魔獣の亡骸をとっととと収納してしまった。こうした装備類の充実もやり手の冒険者の証である。

「いつもそうしてくれると、私も楽……」

「ダメだ。修行だって言ったろ」

「相変わらず厳しいな、ロンは」

「師匠、厳しい……」

「うっせー」

不満を漏らすレンをロンが簡単にあしらってシローが茶化す。

ヤームはそんなやり取りを見て舌を巻いていた。

「最後に洞穴の中を確認しておきましょうか」

カルツの提案で一行はアルニア洞穴の中を確認する。魔獣の影響で崩落事故を起こしやすくなっているとギルドに報告が必要だからだ。慎重に中を進んでいく。

「ここらはそれほど開発が進んでいるわけじゃない。掘り進めなくてもいい鉱石が取れるからな」

ヤームが洞穴内を見回しながら解説する。魔鉱石は成長するので純度の低いものでもいずれは高くなる。採掘量を制限する理由はそこにある。鍛冶師達はその貴重な資源を大切にしているのだ。

「おお……」

「綺麗……」

最深部の広い場所まで出るとシローとレンが息を呑んだ。しばらく人の入っていなかった洞窟内は高純度の魔鉱石で溢れ、不思議な光で輝いていた。

「どうやらロックリザードは入り口付近の低純度の魔鉱石を取り込んでいたみたいですね……」

「みたいだな……」

カルツの意見にヤームも同意する。それでもロックリザードは取り込んだ魔鉱石を最高純度まで引き上げられる。そこから取れる素材でレンの武器作製には十分だ。残った魔鉱石でも他の鍛冶師達はしばらく材質に困らない。採掘者もいい鉱石が取れるだろう。

綺羅星のような輝きを放つアルニア洞穴を一行はしばらく声もなく見入るのであった。

◆

冒険者ギルドに依頼達成の報告をした後、必要な分の魔鉱石を先に受け取ったシロー達はすぐにヤームの実家の工房に戻っていた。

そこで父親に言い渡されたヤームは自分を指差して驚愕した。ヤームの父親はレンの手甲の作製をヤームに任せると言ってきたのだ。

「俺!?」

「そうだ。お前が打て。卒業試験だ」

「お嬢ちゃんはまだ若い。これからもっと体も大きくなる。途中で調整も必要だろう」

その時、専属で調整できる人間が必要だというのだ。

「大丈夫なんですか？」

シローが問うとヤームの父親はしっかりと頷いた。

「ヤームは我が子ながら腕がいい。それに、俺の技術を全て教えた。できない筈がない」

ヤームの父親はヤームの巣立ちの時を冷静に見極めていた。ヤームにとって、父親に認められることは最高級の賛辞だったのだろう。彼は迷わず、強く頷いた。

「分かった……」

静かに意を固めたヤームはそれから一心不乱にレンの手甲の製作に取り組んだ。


「取ってきましたよ」

「あら、シローちゃん。ありがとう」

近くの森から魔獣を狩ってきたシローが獲物をヤームの母親へと手渡す。

レンの手甲ができるまでの間、シロー達はヤームの家で厄介になることになった。その代わりと言ってはなんだが、シロー達は日中に狩りをし、ヤームの家の食卓に貢献していた。

今もヤームはレンの手甲の製作中であり、レンとロンが興味深そうにそれを眺めている。

「それにしても、貴重な跡取りを……いいんですか？」

ヤームはシロー達【大空の渡り鳥】の新しいメンバーとして旅立つ事になった。鍛冶師の跡取りを引き抜く形になってシローは恐縮している。

「いいのよ。あの子は外の世界を見たがっていたし……それに家には他に子供がいるから」

ヤームには弟と妹がおり、その子達も同様に鍛冶師として修行に励んでいた。まだ成人していないが、いずれその子達が家の跡を継ぐという。

そしてもう一人。

「カルツもいいのか？」

「もちろんですよ」

シローがスートと遊ぶ子供達の様子を眺めていたカルツに声をかける。今回一緒に依頼をこなしたカルツもシロー達のパーティーに加わる事になっていた。彼はずっと一人で冒険者をしていたという。

「私は精霊持ちですからね。それを知って近付いてくる人達が鬱陶しかったのですよ」

精霊魔法の使い手と組めば楽に稼げる——そういった打算で近付いてくる者も多いのだ。風の一片を従えているシローもそれをよく理解している。

「ここにはシローもいますしね。それにヤームが加わるのであれば私としては十分に魅力がある」

カルツは独自に魔法文字の研究をしており、魔法文字を用いて魔道具を作れる相棒を探していたそうだ。腕のいいヤームと組んで色々と作りたい物があるらしい。

「ヤームがモテモテで私も嬉しいわ」

男にモテてもどうかと思う、とシローとカルツは苦笑いを浮かべた。ヤームの母親は少し天然らしい。

そんなこんなで数日後、レンの手甲は無事完成した。

「できた……」

魔鉱石は打突面と防御用の覆いに使用されており、黒い金具が不思議な輝きを放っている。その他の材料にも魔獣の皮などがふんだんに使われている。外観は落ち着いているものの、見る者が見ればとても豪華なのが分かる。

自分専用の武器が完成し、レンは相変わらずの無表情だがとても喜んでいた。早速つけて透かしてみたり、拳を振るって感触を確かめている。何度黒炎を拳に灯してもそれで武器が壊れてしまう様子はない。

「ありがとう……」

素直に礼を述べてくるレンにヤームが満更でもなさそうな笑みを浮かべた。

ヤームの父親が最終確認をしたが問題なさそうである。

「名前は決めたのか？」

専用武器は造った鍛冶師が銘や名前を入れるのが一般的だ。そうして名のある匠の作品が世に残っている場合もある。

「ああ、この手甲の銘は闇色炎舞だ」

「ヤミイロエンブ……」

「気に入ってくれたか？」

「気に入った……」

ヤームに向かってレンがコクコクと頷く。とても気に入ったようだ。

「今日はご馳走よ。新しい武器の完成とヤームの旅立ちを祝して」

「そうだな。こんな時くらい、パッとやるか」

ヤームの母親の提案に、父親も酒が飲めると賛同する。ヤームは少し照れくさそうにしていたが、ご馳走にありつけると聞いてシロー達も喜んだ。

みんなで新しくなったパーティーの門出とヤームの独り立ちを祝う。


「寂しくなりますね……」

「そうだな……」

翌日、息子とその新たな友人を送り出したヤームの両親はポツリと呟いた。やはり我が子の巣立ちは嬉しくもあり、寂しくもある。特にヤームは明るい子で家を賑やかせていた。

しかしヤームの父親は言う。

「あいつらはきっと今に大きな事を成し遂げる気がする。その中にうちの子がいるのもいいじゃないか……」

根拠のない自信にヤームの母親は小さく笑った。

「勘ですか？」

「そうだ。鍛冶師の勘だ」

「そうね。私の勘もそう言ってますよ」

「女の勘、か？　お前のはよく当たるからな……」

ヤームの父親も笑みを浮かべて息子達を見送る。

彼らはまだ知らない。その後、自分の息子と仲間達がとある国で【救国の英雄】として語り継がれる人物になる事を。

《特別収録　TenRankers 01　武器を求めて／了》

✦ あとがき ✦

この度は「ウィル様は今日も魔法で遊んでいます。3」をお手に取って頂き、誠にありがとうございます。綾河ららです。

皆様のご厚意により、無事三巻を発売することができました。本当にありがとうございます。

今回で王都騒乱編は決着です。〇〇編とかは今、考えました。

書籍化するにあたり、王都での決着がこの巻になる予定でしたので三巻までは出したいなぁ、という思いもありました。無事成し遂げられて安堵しております。

少しこの巻のお話をさせて頂くと、ウィルベルの強敵が何度か登場します。蟻の魔獣、キマイラ、そしてピーマン。

冒険において強そうな魔獣というのは定番でしょうが、ウィルベルにとってはピーマンだって強敵です。

二巻にもありましたが、ウィルベルは案外苦手な事が多いです。作者は著書であってもあまり完璧な子供は書きたくありません。不自然ですし。子供なんだからできない事があったり、苦手な事があって当たり前なんです。

そんな子供が苦手にしている事に対して、大人たちがどう導いて上げられるか、というのは大人の宿題ですかね。自分で書いててアレですけど、シローもセシリアも大変だなぁ。

ウィルベルの冒険は始まったばかりです。三巻ですが。これから色々と経験しながら成長してもらいたいと思います。

また、この巻にはシローやレンの冒険者時代の話が書き下ろしとして収録されています。話としては考えていたのだけれど「日の目を見ることはないかな?」と思っていた時代の話です。評判が良かったら、また書きたいですね。

最後になりましたが、改めて謝辞を。

一二三書房様、三巻発売頂きまして、誠にありがとうございます。

担当E様、このようなご時世の中、奮闘して頂き誠にありがとうございます。お体にお気をつけ下さいませ。

イラスト担当のネコメガネ様、いつも表紙に挿絵にと素敵なウィル達をありがとうございます。モリモリやる気が湧いてきます。

漫画担当のあきの実様、拙い文章からイメージを汲み上げ、いつも素敵に仕上げてくださりましてありがとうございます。毎月更新を楽しみにしております。

最後に本書をお読み頂いた全ての読者様に最大級の感謝を。

本書が世に出ている頃にはコミック版ウィル様の一巻も発売されているはずです。綾河も走れるところまで走りたいと思いますので、小説、コミカライズ共々応援宜しくお願い致します。

綾河らら

魔物が仲間!?な
転生賢者の
ほんわか時々
シリアスな
冒険譚!
魔物を従える"帝印"を持つ転生賢者
～かつての魔法と従魔でひっそり最強の冒険者になる～
苗原一
Illustration BBBOX
Written by Naeharahajime
Illustration by BBBOX
1～3巻大好評発売中!
サーガフォレストは毎月15日頃発売!!
©Hajime Naehara

叛逆のヴァロウ
Vallow of Rebellion
Written by Nobeno Masayuki
延野正行
画 村カルキ
上級貴族に謀殺された軍師は魔王の副官に転生し、復讐を誓う
「小説家になろう」発
最強軍師によるファンタジー戦記！
この戦い…
すべて俺の手の平の上だ!!
コミックポルカにてコミカライズ企画進行中
©NOBENO MASAYUKI

宮廷魔法師クビになったんで、田舎に帰って
Rui Sekai
世界るい
illustration だぶ竜
2
魔法科の先生になります
I was fired from a court wizard so I am going to become a rural magical teacher.
魔法科教師、
コミカライズ決定!!
王都に帰還《かえ》る。
伝説の三傑揃い踏み！ 落ちこぼれ魔クラスの校外学習は波乱の予感!?

呼び出した
Yobidashita Shokanjyu Ga
召喚獣が
Tsuyosugiru Ken
強すぎる件
Written by しのこ
Illustration by 茶円ちゃあ
召喚《サモン》したのは最強の相棒!!
レア召喚獣と始めるVRライフ!
絆の力で世界を駆け抜けろ!
第1位
「小説家になろう」
VRジャンル 四半期ランキング
(2018年11月7日付)
©Shinoko

第6回
ネット小説大賞
受賞作
なんじゃもんじゃ
ILLUST 珠梨やすゆき
WRITTEN BY NANJAMONJA
ILLUSTRATION BY SHURIYASUYUKI
ガベージブレイブ
GARBAGE BRAVE
異世界に召喚され捨てられた勇者の復讐物語
捨てられた勇者
不遇職から
最強を
目指す！
MAGCOMI
MAG Garden COMIC ONLINE マグコミ
にて
コミカライズ大好評連載中
©Nanjyamonjya

千のスキルを持つ男
漫画：しぶや大根　原作：長野文三郎
1～2巻好評発売中！
レベル1の最強賢者
漫画：かん奈　原作：木塚麻弥
好評連載中！
©Daicon Shibuya ©Bunzaburou Nagano ©Yuruka Morisaki ©sumie
©KANNA ©Maya Kizuka ©Murataten ©Monika Kanam ©SANKYO ©HIFUMI SHOBO

ウィル様は今日も魔法で遊んでいます。3

発 行
2020年5月28日 初版第一刷発行

著 者
綾河ららら

発行人
長谷川 洋

発行・発売
株式会社一二三書房
〒101-0003 東京都千代田区一ツ橋2-4-3 光文恒産ビル
03-3265-1881

デザイン
erika

印 刷
中央精版印刷株式会社

作品の感想、ファンレターをお待ちしております。
〒101-0003 東京都千代田区一ツ橋2-4-3 光文恒産ビル
株式会社一二三書房
綾河ららら 先生／ネコメガネ 先生

Printed in japan, ISBN 978-4-89199-630-7
※本書は小説投稿サイト「小説家になろう」（http://syosetu.com/）に
掲載された作品を加筆修正し書籍化したものです。